아빠, 안녕

“아빠, 안녕” – 아빠의 투병과 이별 과정에 관한 이야기

건강한 노후를 보낸다고 여겼던 아빠
하루가 다르게 쇠약해지는 모습에
80이 훌쩍 넘으니 하루가 다르다고만 여기던 어느 날
갑작스러운 섬망증세,
그리고 증세의 원인을 알 수 없다는 검사 결과의 반복
세번의 응급실 행 끝에 받게 된 말기암 진단
짧은 투병 기간을 보내고 맞이한 이별,
그리고 이별 후의 남겨진 일들
당사자와 그 가족이 감내해야 했던 투병과
이별 과정을 겪게 될 그 누군가에게
도움이 되는 글이 되기 바라며 그 기록을 시작합니다.

헤어짐의 기록

2013년이었는지 2014년이었는지도 기억이 가물거린다. 살아온 날을 기록으로 남기는 일이 근사할 것 같다며 친정에 갈 때마다 몇 차례 아빠에게 글쓰기를 권유했다. 나의 권유에 대단한 삶을 산 것도 아닌데 뭣하러 그런 걸 쓰냐고 하시던 아빠는 어느 날 옥상 위 감나무에게 살아 온 이야기를 들려주는 삶의 회고를 시작했다. 옥상 위의 감나무는 손자 대현이가 태어난 해 남편이 기념으로 심어놓은 상징적인 나무이니 청자는 자손들을 염두에 두었을 것이다. 아빠의 자서전이 '감나무 이야기'가 된 연유이다.

'감나무 이야기'는 1년이 훌쩍 넘는 시간 동안 손글씨로 기록되었고, 나는 아빠의 손글씨를 자판 위에 옮겼다. 그 후 아빠의 팔순 시기에 맞추어 기록의 결과물은 책 모양새를 갖추었고, 아빠의 팔순 잔치는 가족과 가까운 친척끼리의 소박하고 따뜻한 '감나무 이야기' 출판기념회가 되었다.

아빠의 살아온 날과 생의 마감에 대한 당부는 감나무 이야기를 빌어 아빠가 직접 기록했다. 하지만 너무도 갑작스럽게 찾아온 아빠의 투병. 그리고 헤어짐의 기록은 남겨진 이 만 할 수 있는 일이다.

아빠가 떠나가고 거실에는 영정사진이 아빠의 자리를 대신하고 있다. 사진으로 남은 아빠를 마주하다가 폭풍처럼 겪은 헤어짐의 과정을 기록한다면 아빠를 추억하는 모든 이들에게 도움이 되겠다고 여겼다. 그리고 나와 비슷한 처지에 놓인, 그리고 그 처지에 놓이게 될 누군가에게도 그럴 것이라고 여겼다. 매 순간순간 내 앞에 놓인 선택들은 너무도 무겁고 막막했으며, 그 한가운데 놓인 내 감정을 알아챌 겨를이 없었으니 그 누군가가 될 이들도 그럴 것이다.'헤어짐의 기록'을 시작한 연유이다.

삶과 죽음의 공존

삶을 살아가는 누구나 겪는, 그리고 겪게 될 죽음
그것이 나의 것일 수도, 가까운 누군가의 것일 수도 있음에도
감히 꺼내기 어려운, 그리고 무거운 화두
곁에 있지만 덮어 두어야 할 것 같은
그 조심스러운 것을
삶 속에서 미리 그려보고 준비한다면
지금의 삶을 기꺼이 맞이하고
나중의 죽음 또한 기꺼이 맞이할 수 있으리라

이른 준비

아빠는 공무원으로 정년까지 일했다. 어떤 면에서는 공무원이라는 직업이 천직이기도 하고 어떤 면에서는 줄줄이 달린 가족을 부양하기 위한 인고의 시간이기도 했으리라 짐작한다.

아빠는 퇴직 직후, 당시에는 잘 알려지지 않았던 호스피스 봉사를 우연한 계기로 접하고 15년 동안 지속했다. 호스피스 병동의 환우들은 남녀불문이겠으나 봉사자들 대부분이 여자이기 때문에 아빠는 꼭 필요한 봉사자였다. 게다가 죽음의 문턱에 처한 사람을 만나기에 성품으로나 연배로나 부족함이 없었기에 힘에 부쳐도 봉사활동을 중단하기 어려웠다.

나는 아빠가 긴 시간 동안 호스피스 봉사활동을 하는 것이 당신의 쓰임 때문이기도 하지만 언젠가 겪을 당신의 죽음을 준비하는 과정으로 보이기도 했다. 봉사활동이 익숙해질 즈음 봉사활동을 통해 배운 마사지를 엄마에게 해주면서 '내가 누우면 어떻게 하겠느냐'는 이유를 대며 환자 대하는 방법들을 가르쳐주는 모습을 통해 미루어 짐작했다. 어느 날부터인가 엄마도 호스피스 교육을 받아 같이 봉사활동을 하기 시작했다. 아빠는 긴 시간 동안의 봉사활동 기간 중 엄마와 함께 봉사하던 때가 가장 즐거웠다고 회고했다.

호스피스 봉사활동이 힘에 부쳐서 이제는 그만 두어야하지 않을까 고민할 즈음 병원의 사정과 겹쳐 호스피스 봉사를 그만둔 후로는 엄마와 함께 집 근처 요양원에서 발마사지 봉사활동을 시작했고 요양원에서의 봉사활동은 팔순이 넘도록 지속됐다. 노년에 필요한 돌봄이 가족에게 부담이 되지 않기 위해서는 사회적 돌봄도 괜찮음을 당신 자신과 반려자에게 확인하는 과정이었을 것이다. 그리고 자녀들에게도 그 확인을 전했다.

아빠는 봉사활동을 통해 20년이 넘도록 죽음을 맞이하기 위한 준비를 해온 셈이다. 그 이른 준비를 가장 가까운 반려자와 함께 하려했고 자녀들에게 '죽음은 새로운 삶으로 가는 여정이고 이 또한 삶의 과정이니 너무 슬퍼하지 말고 집에 있다가 갈 때처럼 하라'고 당부하였다. 사회적으로는 사전연명의료의향서를 작성하고 장기기증 신청을 해두었다.

다음은 아빠가 생전에 작성해 둔 '사전의료의향서' 전문이다.

> **나 '김기태'와 아내 '김영규'는 건강하고 명료한 정신상태에서 의료행위에 대한 사전의향서를 「호스피스 완화 의료 및 임종과정에 있는 환자의 연명 의료 결정에 관한 법」에 따라 동의했으니 우리의 뜻을 존중해 주기를 간곡히 부탁한다.**
> **건강을 회복할 수 없는 상태에서 생명유지 장치를 사용한 연명치료가 우리에게 정신적, 신체적으로 혼돈과 고통을 유발하여 삶과 죽음의 과정을 무의미하게 한다면 이것은 인간을 창조하신 하느님의 뜻이 아니라 생각**

한다.

뇌기능의 심각한 저하로 인한 호흡과 체온유지를 향상시키려는 행위, 노화나 질병으로 인하여 말기상태에 처했음에도 약물과 기계로 인한 검사나 생명유지 장치의 사용, 위와 장 또는 그 외 신체 부위에 경관튜브를 삽입하거나 혈관을 통한 영양의 공급 등으로 무의미한 의료적 연명 조치를 행하지 말 것을 간곡히 부탁한다.

우리는 가급적이면 집에서 가족이 지켜보는 가운데 생을 마감하기를 원한다. 부득이한 경우에는 요양병원이 아닌 요양원에 입소시켜 주기를 희망한다.

그러나 죽음을 맞이하는 순간까지도 통증조절, 체온유지, 수분공급, 욕창 예방과 배변의 도움은 품위유지를 위해서 적절한 조치라고 생각한다.

위에 기록된 내용들은 우리 둘 (김기태, 김영규)의 뜻이니 존중해 주기를 의료진과 가족들에게 간곡히 부탁한다.

고집과 신념 사이

아빠는 본디 병원과 약을 싫어해서 웬만해서는 병원에 가거나 약을 먹는 일이 없었다. 그렇게 병원과 약을 싫어하면서 병원에서의 봉사활동을 그리도 길게 한 것이 지금 돌이켜보니 역설적이기도 하다. 질병이나 통증을 대하는 방식은 그저 인내하다가 그마저도 힘이 들면 처방 없이 약국에서 구입할 수 있는 상비약의 도움을 받는 것 정도이다. 건강을 관리하는 방법은 식습관을 신경 쓰고 많이 움직이는 방식을 택할 뿐 몸에 좋다는 건강보조식품이나 영양제 또한 멀리했다.

아빠가 평소에 가지고 있던 건강에 대한 생각이나 습관, 태도는 호스피스 봉사활동의 경험을 통해 마치 신념처럼 굳어졌다. 젊은 사람은 병을 찾고 고치는 것이 의미가 있지만, 나이 70을 넘겨서는 건강검진으로 병을 찾는 것은 무의미할 뿐 아니라 불행을 자초하는 일이 된다는 것이다. 살아 온 세월만큼 몸의 기능이 떨어지고 문제가 생기는 것은 당연한 일이어서 통증이나 기력이 떨어지는 것을 그저 자연의 이치로 넘기다가도 병을 발견하는 순간 몸도 마음도 힘들어지기 마련이니 굳이 검사를 받을 필요가 없다는 것이다. 특히, 고령자에게 암은 진행이 더뎌서 노환으로 사망하는 것과 진배없는데 기력이 없는 상태에서의 수술과 항암치료는 수명을 오히려 단축시키기도 하고 존엄한 방식으로 생을 마감하지 못하는 길이라고 여겼다. 아빠는 이 신념으로 종합병원은 봉사활동으로만 다닐 뿐, 동네 내과에서 정기적인 혈압관리만 받으면서 팔순까지 비교적 건강하게 지냈다.

팔순이 넘으면서는 힘에 부친다는 이유로 직함이 따르는 활동을 하나 둘 정리하고 집도 엄마에게 명의 이전했다. 기력이 쇠함을 느끼면서 가진 것들을 내려놓았던 것인지, 가진 것들을 내려놓으니 기력이 쇠한 것인지 모르겠으나 팔순이 넘은 시점부터는 하루가 다르게 기력이 떨어지는 것이 보였다. 그래도 성당에 나가는 것과 오래된 인연을 유지하기 위한 활동은 꾸준했고, 자서전 발간을 계기로 가끔씩은 짧은 수필을 투고하기도 했다.

무리되지 않는 선에서 꾸준히 지속하던 활동과 모임도 2020년부터는 코로나라는 전염병으로 제약을 받았고 집에만 머무는 일이 일상이 되었다. 그나마 옥상에 있는 작은 텃밭과 화분을 가꾸는 시간이 바깥 공기를 마음껏 쏘일 수 있는 기회였다. 외부 활동이나 사람을 만나는 일이 줄어들면서 더욱 기력이 떨어지는 것처럼 보이고, 컨디션이 좋지 않을 때는 몇 걸음 걷다 쉬다를 반복하면서 짧은 거리 외출도 버거워하는 일이 생겼다. 이쯤 되니 혈압약 처방차 다니던 동네병원 의사에게 큰 병원에 가서 검사를 받아보라고 권유를 받기도 했는데, 아빠는 그 권유에 "검사를 받아서 큰 병이 있다고 하면 뭘 할 수 있겠느냐"고 응했고, 권유하던 의사도 "그건 그래요." 하며 멋쩍어하는 일도 있었다.
그러던 중 2021년 여름으로 기억되는 때에 며칠 동안 심하게 앓는 일이 있었다. 아무리 설득해도 아빠는 결국 병원에 가지 않고 그냥 견뎠다. 이런 고집이 또 있을까 싶었다.

고집과 신념 사이를 넘나들며 아빠의 시간이 그렇게 흘러갔다.

미궁 속으로

한번 들어가면 나올 길을 쉽게 찾을 수 없을 만큼
복잡한 구조로 이루어진 곳
이런 미궁 속에 빠지면
어쭙잖은 추론으로나마 나올 길을 찾아보고
그 속에 놓인 선택을 해야 한다
그 선택이 어떤 결과를 가져올지 두렵고 막막해도 말이다
우리는 살아가는 중 어떤 미궁에 처할까

낯선 불안과 선택들

2021년 대체휴일 제도가 생겼다. 한글날이 토요일인 덕에 월요일이 대체휴일이 되어 월요일 오전임에도 여유를 부리며 출근 대신 친정에 가려고 준비하고 있었다. 그러는 중에 걸려온 엄마의 전화.
오늘 뭐하냐고 묻는 말에 "지금 가려던 참인데..." 라고 답하니 엄마는 알았다며 서둘러 전화를 끊었다. 그저 뭔가 음식을 해서 가져가라고 하려던 것이라 여겼으나 전화를 끊기 직전 엄마의 짧은 침묵을 곱씹으니 문득 불안감이 몰려왔다. '근래에 부쩍 기력이 떨어진 아빠에게 무슨 일이 있는 건 아닐까'하는 생각이 들자 가는 내내 불안한 마음이 스멀스멀 올라왔다. '그냥 뭔가 가져가라고 전화했겠지'라는 생각을 꾸역꾸역 밀어 넣으며 불안감을 애써 눌러 보지만 차선을 변경하고 주행속도를 올리고 있었다.

집에 도착하자마자 문을 열어주는 엄마의 표정을 살피니 어두운 기운이 가득하다. "무슨 일 있어?"
"아빠가 어제부터 이상하다. 어제 아침에 성당에 다녀온 뒤로 계속 누워서 잠만 자고 밥도 잘 못 드시고 어지러워서 눈도 잘 못 떠."
급히 들어가 거실에 누워있는 아빠를 불렀다. 힘겹게 눈을 뜨는데 눈에 초점이 흐리고 대답하는 발음이 어눌했다. 발음이 어눌해진 아빠가 낯설기도 하고 지금의 상황에 덜컥 겁이 났다. 아빠는 아프고 엄마는 어찌할 바를 내게 의지하고 있으니 정신 바짝 차려야 했다.

잠깐 일어나보자며 아빠를 일으켜 세웠는데 중심을 못 잡고 뒷걸음질 치며 넘어질 듯한 모습에도 당황한 기색을 비칠 수 없었다.
아빠는 병원 가는 일을 끔찍이도 싫어하지만, 몸의 중심을 못 잡고 갑자기 발음이 어눌해진 아빠를 보니 당신의 의사를 물어 그 뜻에 따를 상황이 아니었다.
"아빠. 아무래도 119 불러서 병원 가야겠어."
처음엔 어눌해진 말투로 요란하게 굴지 말라던 아빠도 겁이 나는지 같은 말을 반복하는 내 말에 아무런 대꾸가 없었다.

119에 신고하니 곧 출동하는 소방대원에게 전화가 오고 10분 정도 되어 집에 도착했다. 소방대원들은 2층을 올라오며 계단이 너무 가파르다며 난감한 표정을 지었다. 아빠를 어떻게 이송할지 막막한 감정은 나에게도 전이되고, 힘들게 계단을 내려가야 할 우리 가족의 일을 이들에게 미룬 듯하여 미안한 마음도 들었다.

소방대원들은 응급실이 있는 2차 병원 두 곳을 대며 어디로 이송할지 물었지만 무조건 상급병원을 가야 할 것 같았다. 조금 멀긴 하지만 아빠가 오랜 시간 호스피스 봉사활동을 하던 부천○○병원을 가면 왠지 든든한 백이 생길 것도 같고 응급 상황이라고 여겨지니 집과 가까운 인천○○병원도 괜찮겠지 싶었다.
"부천○○병원을 잘 알아서 그러는데 그곳이나 가까이 인천○○병원도 있으니 상급병원으로 가면 안될까요?"
휴일이라 상급병원은 바로 진료가 어려울 수 있고 암치료 중인 경우 등 특별한 경우가 아니면 타 지역의 병원까지 응급 이송은 불가하다는 설명이 돌아왔다. 권유하는 2차 병원 중에 조금 더 익숙한 병원을 선택하니 아빠를 이송용 들것에 눕혀 가파른 계단을 내려갔다. 마치 짐이 된 것 같은 아빠는 계단 아래로 쏟아질 것 같았다. 아빠는 소방대원에게 부탁하고 엄마와 함께 내 차로 뒤따랐다.

도착하니 아빠는 이미 응급실에 들어가 있었고, 응급실에서는 코로나 때문에 보호자가 한 명만 들어갈 수 있다고 하여 엄마는 대기실에서 기다리고 나는 아빠의 보호자가 됐다. 보호자가 되면서 가장 먼저 한 일은 아빠의 주민등록번호를 대는 일이었다. 병원에서 사람을 확인하는 절차는 나열된 숫자와 이름을 대조하는 것이 전부여서 그 숫자들을 자연스럽게 연상할수록 보호자로 검증받는 것 같았다. 나와 아빠는 주민등록번호 뒷자리가 같아서 보호자로의 검증 절차를 쉽게 통과했고, 아빠의 보호자가 되는 일은 처음이지만 경황이 없어서인지 낯선 감정도 없었다.

의사는 아빠에게 이런저런 질문도 하고 다리를 들어보라거나 손가락 끝을 맞대보라는 등의 지시 수행을 확인했다. 아빠는 어눌한 발음이지만 질문에 정확히 대답하고 행동 지시도 잘 해냈다. 이어서 보호자에게도 여러 질문이 쏟아졌다. 어떤 질환이 있는지, 드시는 약이 있는지, 증상이 생긴 게 언제부터인지 등의 질문인데, 질문을 받을수록 보호자로 부적합 판정을 받는 느낌이 들었다. 의사는 뇌의 문제라고 판단하고, 아빠는 뇌와 관련한 이런저런 검사를 받으러 침대와 함께 사라졌다.

기다리는 시간의 불안을 잠재울 수 있는 방법은 아빠의 증상에 대해 검색하는 일이었다. 뇌졸중, 뇌경색과 같은 병명이 연결되었다. 문득 대기실에 덩그러니 있을 엄마의 불안이 떠올랐다. 대기실로 뛰어가 별다른 문제는 없는 것 같다고 전하며 엄마를 안심시키고 다시 응급실로 향했다.
검사 후 응급실 한켠으로 돌아온 아빠는 몸이 말하고 있는 증상과 계속되는 검사로 불안한지 "내가 느끼기에도 말이 어눌하게 나오는 것 같아"라는 말을 반복했다.
링거를 꽂은 채 검사 결과를 기다리는 동안 아빠는 어지러움도, 발음도 차츰 나아지고, 노화로 인한 약간의 뇌 수축 이외에는 아무런 문제가 없다는 검사 결과도 전해졌다. 나는 곱씹듯이 검사 결과를 아빠에게 천천히, 큰 소리로 설명했다. 아빠는 아직 일상생활에 아무런 문제가 없음을 확인하듯 당신이 아직도 아침마다 신문을 보고 설거지도 한다는 등의 묻지도 않은 이야기를 의사에게 전했다. 별 이야기를 다 한다 싶어 안도의 웃음이 나왔다.

검사 결과 별다른 문제가 없음을 확인하니 퇴원할 것인지, 입원하여 추가 검사도 하고 경과를 더 지켜볼지를 결정하는 일이 남았다. 혹시 모르니 며칠 입원해서 경과도 지켜보고 입원한 김에 오래도록 따라다니는 허리통증 치료 방법이 있는지 신경외과 정밀검사도 받자고 아빠를 설득했다. 아빠도 설득되는 척 아무 말이 없었다. 입원 절차를 기다리는 중 엄마는 내게 아빠의 증세가 생긴 이유를 알겠다는 듯 전했다.
"아빠가 어제 성당 가기 전에 허리 아프다고 진통제를 손에 쏟는데 세 알이 나온 걸 그냥 한 번에 다 드셨어. 원래 많이 아플 때도 두 알 드시는 건데... 아무래도 그것 때문인 것 같아"

"그러네. 독한 진통제를 한 번에 세 알이나 드시니까 어지럽고 그러지."
우리는 진통제 과다복용으로 인한 에피소드로 확신을 한 것인지, 확신하고 싶은 것인지 알 수 없는 이야기를 나누었다.

코로나라는 전염병으로 입원실 규정도 생소했다. 환자와 코로나 음성 판정을 받은 보호자 한 명만 고립되다시피 입실이 가능하고 그 외의 사람은 면회도 할 수 없었다. 며칠이 될지 모르는 상황에서 갑작스럽게 휴가를 낼 수 있는 상황이 아니어서 엄마와 아빠를 입원실에 남겨두고 돌아서는 발길이 무거웠다. 할 수 있는 일이라고는 집에 가서 매일 드시는 혈압약과 필요한 물품을 챙겨 전하는 일, 전화로 상황을 묻는 일이 전부였다.
"엄마, 아빠는 어때?"
"아빠는 종일 굶었는데도 밥 생각이 없다고 하고, 약을 먹어야 하니 조금이라도 드시라고 설득해서 억지로 한 수저 드시다가 다 토했다. 그 뒤로 병원 밥이 역하다며 거의 식사를 못 하신다."
마음이 무거웠다. 아빠의 입원 생활은 팔에 링거를 주렁주렁 단 채로 어색한 침대에 누워있어야 하고 도무지 입맛에 맞지 않는 밥을 정해진 시간에 먹어야 하는 것이었다. 이 생활이 끔찍하다는 아빠는 도통 식사를 못 하니 없던 병도 생길 것 같았다. 아빠도 그렇고 코로나 시국에 병실 보호자 역할을 하는 팔순의 엄마 역시 침대 밑에서 쪽잠을 자며 밖으로 나올 수도 없는 감옥생활을 하는 것이 힘에 부칠 것 같았다. 도무지 그 누구에게도 도움이 되지 않는 것 같은 이 생활을 이틀 만에 끝내기로 했다.

한방치료라도

일 때문에 퇴원은 동생이 책임지고 전화 통화로 안부만 전하다가 주말이 돼서야 아빠를 만나니 손 등이 퉁퉁 붓고 검게 변해있었다. 검게 변해있는 손이 엄마와 아빠만 병실에 덩그러니 갇혀 지내는 동안의 고충 같아서 눈물이 핑 돌았다.

“손이 왜 이래”

“퇴원 직전에 허리통증 줄이는 약을 링거로 맞았는데 급하게 맞아서 그런지 멍이 많이 들었어. 며칠 더 있으면 괜찮아지겠지. 아이구, 병원에 있다가 집에 오니까 살 것 같다. 집에 오니 몸을 누이기도 편하고 먹고 싶은 것 생각나면 엄마한테 얘기하면 해주고 하니까 집만한 곳이 없다. 병원 밥은 도통 못 먹겠다. 맛대가리도 없고 첫 끼니 먹다가 토해서 그런가 자꾸 역하더라. 그리고 그 병원은 설명도 제대로 없고 영 엉터리야”

아빠는 병원의 나쁜 기억들만을 짜깁기하여 꺼내 놓으며 다시 병원에 가지 않겠다고 으름장을 놓는 것 같았다.

다른 곳은 괜찮은지 살피니 나이가 들면서 좀 통통해졌다고 여겼던 아빠의 발등이 홀쭉해 있었다. 발 모양이 변형된 것이 아니라 오랫동안 부어있었음을 깨달으니 그간의 무심함이 죄스럽게 느껴졌다.

“신기하게 발에 부기가 싹 없어졌네. 허리 아픈 것도 없어졌다면서. 왜 좋은 것도 있는데 자꾸 병원 나쁘다고만 해.”

옆에 있던 엄마도 덩달아 웃는다.

엄마는 병원에서는 문제가 없다고 하는데 퇴원 후에도 계속 기력이 없는 아빠를 모시고 한방치료를 받고, 사이좋게 한 재씩 보약을 지어 왔다. 음식 조절을 해야 하는 탓에 보약 먹는 일이 고역이라 하면서도 엄마와 사이좋게 꾸준히 보약을 드시고 1주일에 2~3차례 기력 회복을 위해 침을 맞으러 다녔다. 200미터 남짓한 한의원까지 가는 길이 힘에 부치지만 살갑게 대하는 한의사와 간호사가 의지가 되는 기색이었다. 그래도 한방치료라도 열심히 받는 것이 얼마나 다행인가 싶었다.
보약 한 재 먹는 일이 끝나서 한재 더 먹어야 기력 회복에 좋지 않겠느냐고 하니 음식 제한이 없어져서 비빔면도 먹고 칼국수도 먹을 수 있으니 지금이 너무나 좋고 보약 먹는 일도 지겨워서 더는 안 먹겠다고 선언했다.

치매일까

차츰 기력이 나아지는 것 같다가 다시 악화되는 일이 반복되었고 가족들도 희망과 걱정 사이를 오갔다. 한의사가 엄마에게 아빠 눈에 초점이 없다는 이야기를 한다고 했다. 혹시 급성 치매가 온 것이 아닐까 싶은 생각이 들었다. 그러고 보니 몇 달 전에 집에 있던 달러가 없어졌다는 이야기를 했던 기억도 떠오르고, 응급실에 다녀온 후 화장실에서 수돗물을 어떻게 트는지 갑자기 생각이 나지 않아 우두커니 있었다는 말도 전해 들었다. 퇴원할 때 충분한 상담을 못 했으니 입원했던 병원에 전화해서 치매와 관련된 검사도 했었는지 물었다. 치매와 관련된 검사는 하지 않았다 한다.

치매일 가능성이 높다는 생각이 점점 굳어지고 치매에 관한 정보를 찾아보니 혈관성치매가 아빠의 증세와 비슷한 것 같았다. 치매는 치료를 받으면 진행이 더디게 된다고 하니 급격히 나빠지는 아빠가 하루라도 빨리 치료를 받도록 해야겠다는 생각이 들어 이곳저곳 알아보았다.

치매 검사는 수요를 따라가지 못해서인지 예약 날짜를 잡기도 어렵고 정확하게 진단과 치료까지 이어지는 절차도 복잡했다. 지체할 수 없다는 생각에 일단 보건소에 치매 검사를 예약했다. 당사자의 동의를 구하는 것은 그 후로 미루었다. 거부감이 덜 들도록 어디까지나 예방 차원이라는 것, 요즘은 80세 이상이면 누구나 해야 하는 것이라고 으름장을 놓으며 엄마와 아빠 모두 같이 받아보자며 설득했다.

처음에는 치매 검사에 거부적이었지만 다행히도 수긍하는 것 같았다. 1주일 이후 검사 날짜를 다시 확인하니 보건소의 치매 검사는 문진으로만 하는 것이라 시덥지 않다는 핑계로 거부했다. 혹여나 치매와 관련있는 문제라면 하루라도 빨리 치료를 해야 한다는 생각을 떨칠 수 없었다. 보건소의 치매안심센터가 시덥지 않다는 이유를 들었으니 이번에는 부천○○병원에 치매 검사를 예약했다. 종합병원은 고령사회를 입증하듯이 치매 전문의를 만나는 일정을 잡기도 힘이 들고 1차 면접 진료 후에도 검사가 필요하다는 전문의 소견이 나와야 검사도 가능하다고 했다.

무슨 절차가 이리 복잡하고 진료받기도 힘이 드는지 답답했지만 최대한 병원 전화 상담원의 말에 순응하는 길밖에 도리가 없었다. 일단 한시라도 빨리 진료해야 한다는 생각에 이번에도 우선 예약하고 주말에 아빠를 다시 설득했다. 아빠는 이번에도 어김없이 완강히 거부하며 왜 자꾸 검사를 강요하느냐며 화를 냈다. 아빠의 고집이 다시 시작되었다. 가끔 침 맞으러 한의원에 가는 것 이외에 아빠는 병원에 가지 않았다. 힘이 든다면서 주기적으로 혈압약을 받아오는 동네 개인병원도 가지 않고 엄마가 대리처방을 받았다.

잘 먹어야 기력을 회복할 텐데 앞니가 흔들리고 치통이 심해졌다. 아빠는 이가 아프니 음식을 먹는 것도 여간 불편한 게 아니라며 치과 치료를 받기 시작했다. 치과에서는 흔들리던 앞니를 발치하고 틀니를 권유했다. 거추장스럽고 아프던 앞니는 치과 치료를 간 날 바로 뽑아냈다. 아프던 이를 뽑으니 속이 다 시원하고 통증도 없어졌다며 식사도 다른 날보다 잘 드셨다. 하지만 틀니를 맞추기까지 치과 치료를 몇 번 더 가야하고 기간도 한 달 이상이 걸린다고 한다. 조금 기다리면 아빠의 새 이가 기력을 되찾게 해줄 것 같았다.

다시 섬망

처음 응급실을 다녀오고 한 달이 지났을 즈음 이른 아침에 엄마에게 전화가 왔다. 아빠가 의식이 없는 상태로 어젯밤부터 지금까지 집안을 계속 돌아다닌다고 했다. 월요일이라 급히 처리할 일이 있었지만 아빠도, 상황을 혼자 감내할 엄마도 걱정이 되어 도저히 출근할 수가 없었다. 사무실에 전화해서 출근이 어려울 것 같다고 양해를 구하고 바로 친정으로 갔더니 아빠는 아주 좁은 보폭으로 벽을 더듬거리며 거실을 걸어 다니고 있었다. 대화도 되지 않고 붙잡을 벽을 감지하지 못할 때면 제자리걸음이었다. 앞에 장애물도 인식하지 못해 위험한 일이 생길 수 있으니 누군가 옆에 바짝 붙어 있어야 하는 상황이었다. 엄마는 밤새 그 옆을 지키고 있었다. 지난번 응급실에 갔을 때와는 또 다른 증상이었다. 진통제 과다복용으로 인한 일시적 증상인 줄 알았는데 뭔가 큰 문제가 있는 것인가 싶었다.
의식은 거의 없지만 거동은 가능하니 119를 부르지 않고 내 차로 이동하면 부천○○병원으로 갈 수 있겠다 싶어 아빠를 천천히 현관으로 유도했다. 신발을 신고 차에 올라타기까지 5분도 채 걸리지 않던 일이 한 시간 이상 걸렸다.
이번에도 역시 보호자는 한 명밖에 못 들어가고 검사 결과가 나오기까지 얼마만큼의 시간이 걸릴지 알 수 없는 상황이었다. 밖에서 대기하던 엄마는 집으로 돌아가서 기다리도록 했다.

지난 응급실에서처럼 의사가 다양한 동작 수행을 지시하고 여러 가지 검사가 이어졌다. 검사 후 링거를 맞던 아빠는 갑자기 어린아이처럼 "오줌이 많이 마려운데..."라며 소변이 급한지 엉거주춤했다. 거동이 불안정하니 화장실까지 가는 것이 한참 걸릴 듯하고 불안해서 간호사에게 환자가 소변이 급하다고 이야기하니 간이 소변통을 내게 건네주었다. 갑자기 난감해졌다. 평상시 남에게 절대 흐트러지는 모습을 보이지 않는 분인데 딸에게 소변을 받도록 하지는 않을 것 같았다. 우선 커튼을 치고 간이 소변통만 손에 쥐어주고 나오려 했는데 아빠는 다리에 힘이 없는지 서지를 못했다. 생각할 겨를이 없이 소변을 받으려 했지만 소변이 잘 나오지 않아 옷을 다시 입혀 드렸다. 내가 아빠의 소변을 받는 일은 상상조차 해본 적 없는 일이었는데 막상 하고 나니 이상하리만큼 아무렇지 않았다. 나중에 정신이 드시면 딸에게 소변을 받게 했던 일로 수치감을 느끼시지는 않을까 걱정될 따름이었다.

잠시 후 "화장실 좀 갔으면 좋겠는데..."라는 말에 휠체어로 화장실에 가서 소변을 보게 하니 시원하다며 한참을 앉아 계셨다. 소변을 보고 나니 정신이 좀 드는지 돌아온 응급실 침대 침구에 새겨진 '부천○○병원' 글자를 읽고 "여기 내가 예전에 자주 왔던 곳인데..."라며 어눌한 말투로 이야기했다. "응. 맞아. 여기 예전에 오랫동안 아빠가 봉사하던 병원이잖아" 의식이 회복되는 것 같아 안도가 되면서도 한편으로는 늘 흐트러짐 없이 깔끔하고 강하게만 보였던 아빠의 낯선 모습에 울컥하기도 했다.

하염없이 기다리다가 밤 11시 즈음 되어서 검사 결과를 전해 들었다. 뇌는 별다른 문제가 없다는 말에 안도가 되었다. 의사는 특별한 이상이 없으니 귀가하라고 하면서 간 수치가 비정상적으로 나왔으니 다니던 동네병원에 방문하여 간 수치 관련 검진을 권유했다. 최근에 한약을 드셨으니 간 수치가 일시적으로 높아졌을 거라 여겨지니 간 수치는 기력을 회복한 이후 관리하면 될 것 같았다. 이번 역시 온갖 검사 결과에도 아빠에게 나타나는 증상들의 원인은 알 수 없었다.

낙상사고

살다 보면 그런 때가 있다. 마주하고 싶지 않은 일들이 연달아 일어나는 그런 때 말이다. 그 시기가 그러했다.
아빠의 알 수 없는 증세가 생기기 몇 달 전부터 지인들의 갑작스러운 사망과 자살 시도 사건을 몇 차례 마주했다. 그 시기에 나를 지배했던 우울감은 아빠의 변화를 지켜보며 커져갔다. 이전에는 상상할 수 없던 아빠의 낯선 모습들을 마주하는 것이 그러했고, 그 상황에서 할 수 있는 것이 별로 없다는 무기력감이 그러했다. 두 번의 응급실 방문, 그리고 다양한 검사에도 아무 문제가 없다는 결과는 막막하기도 했다. 처음엔 응급한 큰 문제가 없다는 결과에 안심이 컸지만, 시간이 지날수록 이유를 알 수 없는 아빠의 변화에 대해 불안과 추측이 교차했다. 아무래도 급성 치매인 것 같다는 확신이 점점 커졌지만 치매 검사에 대해 거부적인 아빠를 억지로 병원까지 끌고 갈 수도, 그렇다고 방치할 수도 없었다.

아빠가 의식이 없는 상태에서 돌아다녔다는 이야기를 들은 후배가 혹시 수면장애의 종류가 아닌가 하는 이야기를 했다. 생각해보니 아빠가 그동안 심한 불면증을 호소했었고 잠을 푹 잔 날은 컨디션이 아주 좋곤 했다. 아빠에게 수면의 문제로 나타나는 증상이 아닐까 얘기했더니 아주 반가워하면서 수면치료를 받아본다고 했다. 엄마는 주기적으로 아빠의 혈압약을 대리처방받는 병원에서 불면증으로 힘들어하는 이야기를 하고 수면제를 받아왔다.
처음 이틀은 수면제를 먹고 잠을 푹 자니 살 것 같다고 했다. 그런데 또 다른 문제가 생겼다. 수면제 반 알을 먹고 바로 잠들지 못하니 자꾸 더 달라고 어린아이처럼 생떼를 쓴다는 것이다. 한번은 수면제 한 알을 먹고 식탁에서 일어나다가 어지러워하면서 넘어져 얼굴에 멍이 드는 일도 있었다. 엄마에게 계속 수면제를 요구한다기에 절대 반 알 이상을 주면 안 된다고 당부했다. 수면제는 엄마만 아는 곳에 숨겨두고 자꾸 재촉하면 비슷하게 생긴 비타민을 찾아볼 테니 그걸 드리라고 했다.

그 주 주말에 만난 아빠의 얼굴과 다리에 멍이 남아있었다. 얼굴에 상처가 있으니 너무 속상했다. 그날은 언니도 왔다. 아빠에게 젊은 사람도 수면제 한 알을 먹으면 어지러우니 절대 안 된다고 당부하면서 앞으로 반 알씩만 먹자고 하니 알겠다고 했다. 저녁에 수면제 반 알을 드리고 언니와 식탁에 앉아 이야기를 나누는데 평상시와 달리 아빠도 그 자리에서 이야기를 거들며 같이 앉아있었다. 한 시간 가량 지나니 아빠 얼굴에 졸음이 쏟아지며 눈에 초점을 잃기 시작했다. 이제 자자고 하니 비틀거리며 화장실에 가겠다고 했다. 몸짓이 불안하여 부축하니 놓으라며 화를 냈다. 변기에 앉는 것까지만 도움을 주겠다고 하니 평상시 아빠답지 않은 모습으로 크게 역정을 내며 내버려 두라고 했다. 불안한 마음으로 화장실 문밖에 서서 귀를 기울이고 있는데 '쿵' 소리가 크게 났다. 놀라서 들어가 보니 변기 위치를 인식하지 못해 넘어진 것이었다. 그 와중에도 아빠는 “괜찮다는데 왜 이렇게들 난리냐” 하시며 다시 역정을 냈다. 혼자 할 수 있으니 나가라며 우리를 화장실 밖으로 내쫓은 아빠는 다시 낙상했다. 이번에는 조금 더 심하게 넘어졌고 세면대에 얼굴도 부딪혔다. 부축해서 밖으로 나온 아빠는 아프지 않다고 했고 외상도 없어서 다행이라고 여겼다. 시간이 지나자 넘어진 쪽 다리에 경련이 자꾸 일어나서 언니와 나는 밤새 마사지를 해야했고, 아빠는 밤을 새워 자신을 살피는 두 딸에게 미안해했다. 새벽 즈음이 되니 수면제 기운이 떨어지는지 극심한 통증을 호소해서 119를 부르게 되었다. 아빠는 이번에는 119 대원의 도움을 받는 것에 대해 아무 말을 하지 않았다. 엄마는 119 대원들이 가파른 계단을 통해 아빠를 병원까지 이송하는 일이 반복되는 상황이, 그리고 이른 새벽에 수고를 끼치는 상황이 너무나 미안한지 수고비라도 주어야 하는 게 아니냐고 했다. 세금으로 월급 받는 사람이 수고비를 받으면 이제는 징계 거리가 되니 안된다고 설명했어도 엄마는 사람된 도리를 하지 못한 것처럼 불편한 기색을 보였다.

처음 갔던 병원 응급실에 다른 사유로 다시 갔다. 다행히 뼈에는 이상이 없었다. 다리 경련과 통증으로 거동이 어렵기도 하고 의료적 대처가 긴급히 필요한 상황이 생길 수 있으니 아빠도 입원을 동의했다. 이번에 배정받은 입원실은 공동 간병실이어서 보호자가 통제된다고 했다. 아빠만 혼자 병실에 두고 돌아가야 하는 상황이었다. 간호사는 환자가 거동이 어려우니 성인용 기저귀와 깔개 등 몇 가지 물품이 적힌 안내지를 주면서 준비해 오라고 했다. 기저귀를 사는 일조차 쉬운 일이 아니었다. 종류가 여러 가지인데 어떤 것이 적합한지 도통 알 수가 없어 나름 고심해서 준비한 것이 안내지에 적힌 종류가 아니라고 퇴짜를 받았다. 다시 마트에 가서 기저귀를 교환하고 이번에도 병원 밥을 못 드실 것 같아 간식거리도 더 구입했다. 물품을 전하는 일도 직접 못하고 병실 담당 간병인에게 건네고 돌아와야 했다. 언니와 같이 돌아서는 발걸음이 무거웠다.

아빠는 병실에서 하룻밤을 보내고 조금이나마 움직일 수 있으니 퇴원을 희망했다. 아빠 혼자 병실에 있는 것이 계속 마음 쓰이던 터라 바로 이튿날 퇴원해서 집에 모셨다. 그 뒤로 아빠는 수면제 달라는 말을 한 번도 하지 않았다.

변화의 시작

아빠의 건강 상태와 화장실을 드나드는 횟수는 비례하는 것 같았다. 소변을 제대로 못 보는지 수시로 화장실을 드나드는데 잠을 못 자는 밤이면 30분 간격으로 그랬다. 아빠는 증상이 생긴 이후 거의 거실에서 생활했기 때문에 화장실까지의 거리는 불과 열 걸음이 채 안 됐다. 화장실까지 가는 거리는 시간이 갈수록 점점 아득하게 멀어졌다. 옆에서 보는 사람은 너무나 힘에 겨워 보였지만 아빠는 혼자 힘으로 화장실을 가고 싶어 했다.
아빠의 낙상사고를 곁에서 목격한 충격으로 사고 이후 바로 욕실용 고무매트를 구입해서 깔아두었지만 계속 불안한 마음으로 아빠의 화장실행을 지켜봐야 했다. 낙상사고 직후 퇴원했을 때에는 거동이 불편해서 간이 소변통을 이용하려고 시도했지만 아빠는 아무리 노력해도 간이 소변통에는 소변이 나오지 않는다고 했다.

화장실을 수시로 드나드는 아빠를 위해 화장실의 안전을 궁리해야 했다. 아빠가 화장실을 가는 모습을 관찰하고 그대로 시연해 보았다. 손잡이가 있으면 화장실에 가는 것도, 변기에 앉는 것도 수월하고 안전하겠다 싶었다. 화장실 문 옆, 화장실 벽, 변기 옆과 앞에 손잡이를 다는 것으로 정하고 난 뒤 화장실에 안전 손잡이를 달겠다고 아빠를 설득했다. 아빠는 없던 것이 있으면 익숙하지 않아서 공연히 손잡이에 부딪힌다며 싫다고 했다. 뭔가 작은 변화도 크게 다가오는 것 같았다. 불편하면 다시 뗄 수 있다고 하면서 그냥 밀어부쳤다. 그날 아빠는 화장실 가는 일이 수월해졌다고 좋아했다. 변화되는 일상들이 낯설었지만 아빠가 좋아하니 나도 좋을 따름이었다.

투병과 돌봄

내 한 몸만 건사하면 그만이었는데
누군가를 돌본다는 것을 처음 접했던 육아
육아를 거의 다 끝내고 나니
두 번째로 맞이하게 된 또 다른 돌봄
그 돌봄은 육아와는 다른 종류의 것이었다
죽음을 맞이해야 끝이 나는 그런 돌봄을
돌봄을 받는 이도, 돌봄을 하는 이도
감내해간다

복수

알 수 없는 증상들이 나타나고, 응급실 방문이 반복되자 나는 아빠의 증상에 대해 주변 사람들에게 종종 이야기했다. 치매일 것이라 추측만 할 뿐 원인을 알 수 없는 이상한 증상들에 대해 주변에 알리면 뭔가 새로운 정보들을 들을 수 있을 것이라 여겼다. 주변에 부모님이 편찮으시거나 이미 투병 과정을 겪고 돌아가신 지인들, 그리고 의료적 지식이 있는 지인들에게 더 적극적이었다. 이때 아빠는 드시는 것도 시원치 않고 기력이 없어 움직이는 것도 힘들어했다. 간호사로 일하는 친구에게 아빠 이야기를 했더니 어르신들은 기력이 없을 때 수액을 맞으면 한결 원기가 돈다는 말에 솔깃했다. 오래전 할머니도 기력이 없을 때면 수액을 맞곤 하셨던 기억이 떠올랐다.

아빠가 낙상으로 심하게 들었던 멍도 거의 내리고 기다리던 틀니도 완성되어 곧 익숙해지면 식사도 한결 용이하겠다 싶었다. 아빠가 아프고 난 후로는 남편이 있는 제주도에 한 번도 못 가서 오랜만에 제주도에 가서 남편과 같이 올라오기로 했다. 아빠에게 제주도에 다녀오겠다는 말과 조서방이 함께 올 예정이니 그때 조서방이 부축해서 수액 맞으러 가자고 하니 알았다고 했다. 의료행위에 대해 거부적인 아빠도 기력이 없어서 너무 힘이 드는지 은근 기다리는 모양새였다. 그날 같이 밥을 먹는데 근래 들어 부쩍 더 마른 아빠의 배가 왠지 불룩해 보였다. 식사도 아주 소량만 드시고 살이 빠지고 있는데 불룩해 보이는 배가 이상하다고 여겼지만 며칠 후면 수액을 맞으러 병원에 갈테니 그때 병원에서 확인해야겠다 여겼다.

오랜만에 제주에서 3일간 휴가를 보냈다. 함께 올라가기로 한 남편은 일이 생겨 혼자 올라오게 됐다. 수액 맞는 것을 은근히 기다리던 아빠 모습이 신경쓰여 짐만 내동댕이치다시피 하고는 바로 친정으로 향했다. 친정에 도착할 무렵 동생에게 전화가 왔다. 아빠 모시고 수액 맞으러 동네병원에 왔는데 복수가 찼으니 빨리 큰 병원으로 가라고 했다는 것이다. 순간 제주도에 가기 전날 불룩해 보였던 아빠의 배가 떠올랐다. 의료적 지식의 무지함으로 제때 필요한 조치를 못한 것 같은 죄스러움이 밀려왔다.
집 앞에서 만난 아빠의 모습은 며칠 전과 비교가 안될 만큼 걸음을 걷는 것도, 안색도 안 좋았다. 입원하게 될 수도 있으니 간단히 짐을 챙겨서 엄마와 함께 부천○○병원 응급실로 향했다. 이번에도 보호자는 한 명밖에 못 들어가고 검사가 언제 끝날지 모르니 엄마는 집에 가서 기다리도록 했다. 응급실에서는 우선 복수를 빼내는 시술을 했는데 자칫하면 바늘이 빠질 수 있어 보호자가 바늘을 붙잡고 복수가 잘 흐르는지 관찰해야 했다. 대략 40분 정도 복수를 뽑고 있는데 갑자기 배에 압력이 가해지는 것처럼 바늘이 쑥 빠져버렸다. 의료진은 더 이상 복수를 빼는 것은 무리가 될 것 같다며 이제 검사를 기다리라고 했다. 또다시 기약을 알 수 없는 기다림이었다. 의료진이 있지만 응급실에서의 상황처리는 모두 보호자의 몫이었다. 복수를 뽑는 과정에서 다 젖어버린 시트와 환자복을 교체하는 것도, 화장실 갈 휠체어를 가져오는 것도, 불편한 자세를 교정하는 것도 알아서 해야 했다. 윗도리 갈아입히는 것이 서툴러 한참을 씨름하고 있으니 간호사가 와서 도와주기는 했다.
정신없이 응급실 상황에 적응하던 중 의사가 따로 불러 간경화가 심하고 암도 진행된 것 같다고 했다. 하지만 “조직검사를 해야 정확히 진단할 수 있지만”이라는 말에 꽂혀 나는 그냥 간경화라고만 믿기로 했다.

입원해서 검사도 하고 경과도 지켜봐야 하는데 보호자가 못 들어가는 병실만 남아있다고 했다. 잠시 후 환자 이송을 돕는 직원이 와서 보호자로 옆에 머물러있는 나에게조차 아무 말도 하지 않고 아빠의 침대를 밀고 응급실을 스르륵 빠져나갔다. 아빠가 입원실에서 필요한 짐은커녕 연락할 수 있는 휴대폰도 못 챙겼는데 너무나 황당했다. 어떻게 보호자에게 말 한마디 없이 환자를 데려가냐고 소리를 치니 그 직원은 아무 말 없이 가던 길을 멈추고 병실을 알려주고 가던 길을 갔다. 아빠는 마치 병원에 필요한 짐이 된 것 같았고, 나는 소중한 무언가를 소매치기당하는 기분이었다. 나중에 나 자신을 돌아보니 아무런 안내 없이 응급실에서 우왕좌왕하는 과정에서의 불편한 마음들을 가장 만만하게 보이는 지위의 사람에게 쏟아낸 것은 아닌지 싶어 부끄럽기도 했다.

아빠가 혼자 입원한 후로는 휴대폰으로 목소리를 듣는 것이 전부였다. 아빠는 다행히 병실이 불편한 것도 없고 벨을 누르면 간호사나 간병인도 바로 와준다고 했다. 음식도 흰 쌀죽을 요청하니 요청한 대로 해주어 먹을만하다고 했다. 다행이라고 여겼으나 나중에 돌이켜 보니 심상치 않아 보이는 상황에서 괜찮다며 스스로를, 그리고 가족들을 안심시킨 것 같다.
아빠는 일주일을 병원에서 지냈다. 아빠가 가장 길게 보낸 병원 생활 중 전해 들은 아빠의 병명은 간암 말기였다. 아빠의 병명이 실감 나지 않았다. 일주일 만에 만난 아빠가 이산가족이라도 된 것처럼 그저 반가웠고, 기력이 없어 걷지 못하고 휠체어에 의지해야 하는 모습에 슬펐다. 퇴원 수속을 하는데 1주일간 입원해서 다양한 검사를 받았을텐데 퇴원비가 터무니없이 적어서 뭔가 오류가 있는 건 아닌가 싶었다. 알고보니 「암환자 본인일부부담 산정특례」 제도가 있어서 암진단을 받으면 의료급여 총액의 5%만이 자기부담금으로 청구되는 것이었다. 황망하고 슬픈 상황에서도 진료비 청구서를 보는 순간 우리나라의 건경보험제도에 대해 감탄했다.

어떻게 전할까?

퇴원해서 집으로 돌아오는 차 안에서 아빠는 내게 당신이 무슨 병인지를 물었다. 아빠가 이미 병명을 알고 있을 것이라 여겼던 나는 당황했다. 뭔가 준비된 상황에서 전해야 할 이야기 같은데, 퇴원해서 집으로 가는 길에 운전을 하면서 어떻게 답해야 할지 머릿속이 하얘졌다. 입원해있는 내내 궁금했을 것을 생각하니 말하기 곤란해서 대충 얼버무리거나 거짓말을 할 수는 없었다. 최대한 따뜻한 태도로 손을 잡고 건조한 말투로 전했다. "아빠가 간암이래. 아빠는 몰랐어?"하고 물으니 아빠는 몰랐다고 답했다. 집에 도착할 때까지 서로 아무 말도 하지 못했다.

왜 아빠가 당연히 병명에 대해 알고 있을 것이라 여겼을까. 호스피스 봉사활동으로 암환자들을 많이 보아왔으니 이미 짐작으로 알고 있을 것이라 여긴 것인지, 아니면 지혜로운 분이시니 무엇이든 다 꿰뚫고 있을 것이라 확신한 것인지, 내 입으로 꺼내기 어려운 말이니 의료진이 대신 해주길 바란 것인지 모르겠다. 내가 큰 병을 얻는다면 최대한 빨리 내 몸의 상황에 대해 알고 있어야 한다고 생각해 왔지만, 가까운 이에게 그런 상황을 알리는 입장에 대해서는 생각해본 적이 없었다. 당사자에게 자신의 병명을 어느 시점에, 어떤 방식으로 알리는 것이 좋을지는 아직도 잘 모르겠다.

받아들이기 힘든 상황을 접하면 부정, 분노, 우울 등의 과정을 거치고 나서야 수용한다고 하는데 아빠는 그 이후에도 상황을 받아들이는데 덤덤해 보였다. 하지만 당신이 가족과 사회에 짐이 되는 것 같은 채무감으로 불편해했다. 통증으로 너무 고통스러울 때는 안락사를 알아봐 달라고 부탁하기도 하고, 당신을 돌보는 가족들에게 미안한 감정이 들 때는 마음에도 없는 요양원을 가겠다고도 했다. 어느 날은 국가의 건강보험 재정을 소진하고 있다며 한탄하는 말도 했다. 젊어서부터 퇴직 이후까지도 오랜 시간을 가족과 사회를 위해 크게 기여했으니 이 정도의 지원은 받는 것이 마땅하다고 하니 그 말이 마음을 편하게 해주었다고 고마워했다.

소변의 의미

아빠가 아프고 난 이후 계속 소변 문제가 따라다녔다. 병원 응급실에서 섬망증세가 있고 움직이기 힘든 상황에서도 간이 소변통을 사용하지 못해서 변기에 앉아야만 했다. 기저귀나 간이 소변통을 사용하지 않는 것은 당신 스스로의 존엄을 지키는 마지노선 같았다. 집에서는 소변이 마렵다며 화장실을 자주 가는데 밤이 되면 30분 간격으로 화장실에 가도 정작 소변을 제대로 못 보고 그냥 나오곤 했다. 차츰 아빠가 거동이 힘들어지니 화장실 가는 일이 큰 일이 되었다. 12월부터는 화장실 문 앞까지 기어가서 손잡이를 잡고 힘겹게 일어나곤 했는데 암 진단 후 몸이 더 쇠약해지니 20센티 정도 되는 화장실 문턱을 넘는 일이 힘들어졌다. 그럼에도 간이 소변통도, 기저귀도 사용을 못했다. 누군가 부축해서 한참을 힘겨루기 해야 화장실 변기에 앉을 수 있었다. 아주 사소하게 생각했던 일상이 큰 벽이었다.

하루하루가 달라지는 아빠는 어느 순간이 되니 한 사람의 힘으로는 부축이 불가능해졌고 위험 요소도 너무 많아서 화장실을 드나들 수 없었다. 이때는 남동생의 역할이 컸지만 안전사고의 위험으로 계속할 수 있는 일이 아니었다. 방법을 찾다가 환자용 좌변기를 구입했다. 최대한 화장실 변기와 비슷하게 느껴질 것, 튼튼하고 안정적이어서 넘어지는 일이 없을 것이라는 두 가지 기준에 충족하는 것을 중고 거래 어플을 통해 구입할 수 있었다.

그런데 이것 역시 아빠에게 적응 시간이 필요한지 변기에 한참 앉아도 허탕이었다. 최대한 화장실과 비슷한 느낌이 들도록 변기 위치를 거실의 이불 옆에서 작은 방으로 옮겨 문을 열고 들어가도록 하고 욕실용 슬리퍼도 놓았다. 소용이 있을지 막막하면서도 그 이상의 방법이 없어 초조하던 차에 이틀 만에 이동용 좌변기에 적응했다는 소식을 동생이 전했다. 마치 아기가 첫 배변 훈련에 성공했을 때처럼 기뻤다.

그 뒤로 환자용 변기는 아빠가 누워지낸 거실의 이불 옆으로 옮길 수 있어서 한시름 놓았다. 어쩌다 소변 실수를 하는 경우가 있어 기저귀를 사용했는데 불편한지 자꾸 내리려고 해서 보니 발진이 심하게 생겨서 비닐이 없는 팬티형으로 바꾸니 발진도 없어지고 변기 이용하기도 편해서 좋았다. 어쩌다 실수면 모를까 변기에서만 대소변 처리를 하는 아빠의 소변 문제는 계속 되었는데 밤에 간호하기가 곤욕이었다. 한 시간에 한두 번씩 일어나서 변기를 찾는 아빠를 간호하는 일은 잠과의 사투였다. 가장 많은 시간을 간호하는 엄마는 낮에도 대화하다가 잠이 들 정도였으니 일주일에 2~3일 가는 나로서는 힘들다는 말을 할 처지가 아니었다. 내가 친정에서 자는 날은 엄마가 잠을 푹 자도록 다른 방에서 자도록 했다.

한 달 정도 이 루틴이 반복되던 어느 날 밤이었다. 그동안 쌓인 피로로 너무도 잠이 쏟아지고 있었고 다음 날 출근도 해야 하는데 막상 소변을 누지도 못하면서 30분 단위로 깨서 변기를 찾는 아빠의 행동이 계속되었다. 깜빡 잠이 들었는데 잠결에 움직임이 감지되어 바라보니 출근을 앞둔 딸을 깨우고 싶지 않았던 아빠는 혼자 변기 위에 앉아있었다. 순간 이런 상황이 속상하기도 하고 짜증이 밀려왔다. 나도 모르게 "아빠, 혼자 그러다가 넘어지면 어쩌려구. 소변 안 나오니까 자꾸 일어나지 마"하고 큰 소리를 내니 아빠는 멋쩍기도, 난감하기도 한 표정을 지으며 아무 말도 하지 못했다. 이때의 미안함은 아빠가 돌아가신 후에도 계속 나를 무겁게 한다.

간호에 유념할 일들

영양섭취를 잘 해야 기력이 있을텐데 시간이 지날수록 음식을 씹고 넘기는 일 또한 어려운 일이 되어갔다. 입원 직전에 이를 빼서 뭔가를 먹는 일이 더 힘들다고 했다. 얼마 후에 치과에서 틀니 제작이 다 되었다고 연락이 와서 찾아왔다. 틀니를 끼니 씹는 것이 수월하다며 드시는 양이 조금 느는 듯하더니 이 또한 며칠 못 갔다. 거동이 힘들어지던 때에 갖은 고생을 하며 맞추었던 틀니도 곧 무용지물이 되었다.

이런 연유로 암진단 직후 퇴원해서는 푹 끓인 누룽지가 주된 식사였다. 건강하던 때에도 죽은 안 드셨지만 누룽지는 즐겨 드시곤 했었다. 누룽지가 주식이 되다보니 여러 가지 야채와 황태 분말을 넣어 영양을 조금이라도 보충했다. 가끔은 국수 종류의 별식을 찾을 때가 있었는데 맛있게 드셔도 소량밖에 못 드셨다. 스프, 홍시, 바나나, 환자용 영양보충 음료 등 목 넘김이 좋은 것들을 다양하게 구해서 냉장고를 채워갔다. 냉장고에 음식들을 채웠지만 여간해서는 줄지 않았다.

거의 아무것도 드시지 못할 때의 일이었다. 딸기 세 알을 갈아서 꿀을 섞어 입에 넣어 드렸더니 맛있게 드셨다. 가족들은 너무 기뻐하며 황급히 딸기를 더 갈아 드렸던 기억이 지금도 생생하다. 이 딸기는 아빠의 마지막 음식이었다.

식사와 통증은 반비례했다. 누룽지마저 넘기지 못할 즈음에는 통증으로 고통스럽지만 진통제를 넘기는 일 또한 힘들어져서 물에 개서 힘겹게 통증을 관리해야 했다. 효과가 강력한 진통방식 중 패치를 붙이는 방식도 있었는데 이 패치를 붙이면 몸이 이상하다면서 1시간 내에 떼어달라고 해서 통증관리가 투병 기간 내내 힘들었다. 아빠가 힘들어할 때면 기도문이나 아빠가 좋아하는 '솔베이지의 노래'를 틀어놓곤 했다.

식사와 통증 이외에 청결 관리도 중요한데 미처 여기까지 생각이 못 미칠 때였다. 지인 중 딸의 암투병 과정을 겪은 분이 있었는데 내 상황을 알고 전화를 주셔서 한 시간가량을 가족들이 간호 중에 해야 할 것에 관한 정보와 위로의 말들을 전해주셨다. 그리고는 전화를 끊을 즈음 딸이 암투병하던 때 아빠가 키운 와송을 내가 가져다주었던 기억에 지금도 고맙다고 하셨다. 나는 까맣게 잊고 있던 일이었는데 어려울 때 작은 마음 씀이 받는 사람에게는 잊지 못할 고마움으로 남는구나 싶어 나 또한 그러했다. 그 지인이 알려준 주요한 간호 방법은 아주 부드러운 의료용 거즈를 이용해서 몸을 청결히 해주고 면역력이 약하니 입안도 깨끗이 해주어야 한다는 것이었다. 이 정보 덕분에 아빠는 아주 기분 좋아했다. 이야기를 들은 주말에 가서 바로 따뜻한 물을 받아 몸과 얼굴, 그리고 머리를 거즈로 닦고, 손가락 칫솔로 입안도 깨끗이 해드렸더니 너무 개운하다며 좋아하셨다. 뭔가 내가 할 수 있는 전문적인 간호 방법을 찾은 것 같아 아빠를 만날 때마다 열심이었다. 아빠의 딸로 지내온지가 50년인데 살갑게 마사지도 하고 씻겨드리는 것이 거동이 어려워진 이후라는 사실에 죄스럽기도, 다행스럽기도 했다.

이사

화장실을 드나들기 편해서인지 언제부터인가 아빠는 줄곧 거실에서 지내왔다. 그 탓에 본격적인 투병 중에도 계속 거실에서 생활했다. 마치 그 자리가 오래전부터 아빠의 고정된 자리로만 여겼다.
그런데 고모가 집에 다녀간 뒤 전화해서 거실은 사람들이 드나들고 부산스러우니 아빠가 거실에서 지내는 것보다는 안방에 계시는 것이 어떻겠느냐고 물었다. 생각해보니 일리 있는 말 같았다. 그 말을 엄마에게 전하니 엄마는 대찬성이었다. 아빠가 통증이 심해질수록 예민해지니 주방일을 할 때에도 큰 소리가 날까봐 조심해야 하고 누가 방문하는 일도 거실에 환자가 누워있으니 신경 쓰인다고 했다.
그런데 막상 공간을 옮기려 하니 엄마와 단둘이 있는 시간에 엄마의 시야에서 아빠가 벗어나게 되는 일이 종종 생기는 점이 우려되었다. 그리고 당사자인 아빠가 어떻게 받아들일지도 관건이었다. 아빠에게 조심히, 그렇지만 안방에서 지내는 장점을 중심으로 제안했다.
아빠는 뭔가 생각에 잠기는 듯했고 아무 말이 없었다. 아빠 입장에서는 생활 공간을 방으로 옮기자는 제안이 외진 곳으로 떠밀려가는 것 같아 서운했을까 싶어 더이상 말을 못했다.

생활 공간을 방으로 옮기는 문제를 까맣게 잊고 있을 때쯤 아빠가 뭔가 큰 결심을 전하려는 듯 갑자기 집에 있던 우리 부부와 엄마를 불렀다. 아빠의 누운 자리를 옮기는 일은 엄마가 편한 방식으로 하라고 했다. 그 시간 동안 아빠는 많은 생각과 감정들이 오갔을 것이고, 아빠의 입장에서는 반가운 제안이 아니었던 것 같았다. 하지만 당신의 의사를 명확하게 표현하는 일이 별로 없는 엄마는 아빠가 방에서 지내는 것을 선택했고 아빠의 이부자리를 옮겼다. 거실에서 방으로 아빠의 공간을 옮기는 일은 마치 이사 가는 것과 견줄 일이었다. 이때는 아빠의 거동이 힘들 때이기도 했고 간병에 필요한 소소한 짐들도 많았다. 그리고 아빠의 이불을 깔 공간을 어떻게 배치해야 불편함이 없을지도 고려해야 했다. 하지만 가장 큰 일은 아빠가 서운하거나 두려워하지 않도록 마음을 쓰는 일이었다.

돌봄의 사회적 역할

지극히 사적인 일은
어쩌면 지극히 공적인 일이리라
개인의 사정들이 모여 공동의 사정이 될 때
사회적 역할이 만들어진다
개인의 사정. 그 경계 안에 들어가 보면
그동안 보이지 않았던 공동의 사정이 보이기 시작한다

장기요양보호제도

아빠가 간암 4기 진단을 받았지만 나는 투병의 시간이 한참일 것이라 여겼다. 호스피스 봉사활동을 오래 하면서 암환우를 많이 접했던 아빠가 입버릇처럼 고령자는 암도 진행 속도가 더디기때문에 노환으로 사망하는 것과 다르지 않다고 했던 말을 믿었던 것인지, 믿고 싶었던 것인지 모르겠다.

나는 긴 여정이 될 앞으로의 투병에 도움이 될 제도적 장치들을 찾기 시작했다. 우선 노인장기요양보험제도가 치매 이외의 질환에도 적용되는지 확인했는데 다행히도 암과 같은 중증질환에도 적용되었다. 장기요양보험제도는 요양시설에 입소하는 시설급여 방식도 있고 집에서 요양서비스를 받는 재가급여 방식이 있다. 아빠가 병원에서의 생활을 힘들어하는 것을 알기에 아무런 고민 없이 재가서비스를 염두에 두었다. 봄이 되어 날이 풀리면 휠체어도 대여해서 바람을 쏘이러 다녀야겠다는 다짐도 했다.

수급자가 되기 위해서는 일정의 절차가 필요한데 국민건강보험공단의 방문조사를 통해 등급판정을 받아야 했다. 그런데 신청과 방문조사, 등급판정까지 한 달 이상이 걸린다고 하니 마음이 조급해져 퇴원과 동시에 장기요양인정 신청부터 했다. 집에서 하게 될 아빠의 투병

과정을 가족들만의 힘으로는 역부족이라 여겼던지라 한시가 급했다. 재가 서비스는 방문요양보호사의 도움을 받을 수도 있고 목욕 서비스를 받을 수도 있고 필요한 용구들을 아주 적은 자기부담금만으로 이용할 수 있었다. 절박한 상황에서 큰 지원군을 만난 것 같았다.
방문 조사를 나오게 될 터이니 아빠와 엄마의 설득도 필요했다. 낯선 이를 집에 들여야 하고 그 낯선 이는 정부의 서비스를 지원받기 적합한지 이것저것 물을 것이 예상됐다. 부모님이 모두 치매 검사에 대해 거부적이었던 기억이 있어 마음이 무거웠다. 처음에는 모르는 사람이 집에 오는 것이 싫다고 했지만 가족들끼리 해결하기 어려운 요양, 의료적 지원이 가능하다며 설득하니 걱정보다 쉽게 수긍했다.

며칠 후 건강보험공단 담당자가 방문을 왔고, 누워계신 아빠에게 이것저것 질문이 쏟아졌다. 섬망증세가 없을 때는 의식에 문제가 없으니 아빠는 주민등록번호, 주소, 계절, 간단한 돈 계산 등의 질문에 비교적 대답을 잘했다. 화장실을 누군가 부축해야만 갈 수 있는 상황, 거의 대부분의 시간을 누워서 생활하는 상황을 보고 돌아갔다.
등급판정까지는 시간이 한 달 이상 걸릴 수 있다고 했는데 등급심의회의가 예정보다 빨리 진행되어 1월 19일에 등급판정이 났다고 연락이 왔다. 12월 21일에 장기요양 대상 신청을 했으니 신청부터 판정까지 채 한 달이 안 걸렸다.
등급판정이 난 후 곧바로 필요한 용구들을 알아봤다. 장기요양복지용구 업체를 알아보니 구입, 또는 대여할 수 있는 환자용 용품들이 너무나 다양하고 많아서 어리둥절했다. 홈페이지에 안내된 정보를 살펴보고 침대를 대여하려 전화하니 필요한 소모품들도 자세히 안내해주고 다음 날 바로 침대를 가지고 왔다.
그 다음으로 낮에 잠깐씩 엄마의 짐을 덜어 줄 요양보호사 신청을 했다. 큰 도움이 될 것이라 여겼고 얼마 전 설득했다고 여겼지만 엄마는 낯선 사람을 집에 들이는 것을 여전히 못마땅하게 생각했다. 다행히 언니의 친구가 방문요양센터를 운영하고 있다고 했다. 나는 언니 친구가 도움을 주니 걱정말라며 엄마를 다시 설득했고 언니는 친구를 통해 요양보호사를 잘 배정해달라고 간곡히 부탁하여 방문 요양을 신청했다. 하지만 요양보호사를 배정받는 시간까지의 기다림은 허락되지 않았다.

방문진료제도

21년 가을에 시작된 일들은 초겨울이 지나고 해를 넘기면서 급박하게 돌아갔다. 병원 생활을 힘들어하는 아빠를 집에서 모시기로 마음먹고 가능한 집에서 통증을 관리하는 방법들을 찾는 시간들은 막막한 일들이 많았다. 그 중 의료진이 아니면 할 수 없는 일들이 닥칠 때는 망연자실하고 싶지만 그럴 수 없었다. 지푸라기라도 잡아야 하는 처지가 되곤 했다.

어느 날 살펴본 아빠의 배는 복수가 심하게 차고 발까지 붓기가 차올라 건드리면 터질 것 같은 모양새였다. 무작정 아빠가 다니던 동네 개인병원에 갔다. 자초지종을 말하며 의사 선생님이 퇴근 후 잠깐이라도 좋으니 집에 방문 진료를 해줄 수 있는지 부탁하는데 말하는 내내 눈물이 쏟아졌다. 아빠의 고통에 대한 걱정, 스스로 할 수 있는 것이 없다는 무력감, 이런 처지에 대한 연민 등등의 심정이었을 게다. 나의 눈물 어린 호소에도 간호사는 난감해하며 방문 진료는 불법이어서 불가하다는 답변과 눈물을 닦을 휴지만 건네줄 뿐이었다. 눈물을 닦으며 집으로 돌아오는 길에서도 마냥 슬픔에 잠겨 있을 수는 없었다.
집에 와서 차오른 복수로 숨을 쉬는 일도 버거워 보이는 아빠를 보니 결국 응급실에 갈 수 밖에 없다고 여겨 119를 불렀다. 암환자로 분류되니 이전에는 119 호송차량으로 갈 수 없었던 부천○○병원까지 갈 수 있었다. 이송 중 119 대원들은 계속 바이탈 체크를 했는데 산소포화도가 너무 낮다면서 수시로 산소공급을 했다. 덜컹거리는 구급차의 간이침대에 산소 공급기를 끼고 누운 아빠는 불편한지 계속 일어나려고 해서 몇 번이고 상황 설명을 해야 했다. 내 설명을 알아듣는 것인지 내가 애걸하는 모습이 안쓰러웠는지 아빠는 그 시간을 잘 인내하고 어둑해질 때 병원에 도착했다.
간호사는 119구급대원이 건네는 바이탈 체크 정보를 확인하더니 산소포화도가 낮아 코로나 유증상자로 분류되어 음압실로 가야 한다고 했다. 어이가 없었다. 이 병원에서 암진단을 받은 환자이고 지금 복수가 심하게 차서 숨쉬기 힘든 상황이라 당장 복수를 빼야 하는데 보호자 없이 코로나 검사 결과가 나올 때까지 어떻게 기다릴 수 있겠느냐고 항의했더니 지침을 확인해보겠다고 했다. 응급실 안에 들어갔던 간호사는 다시 나오더니 지침상 음압실로 가서 코로나 검사를 우선 하는 수밖에 없고 보호자는 밖에 설치된 간이 텐트에서 기다리라고 했다.

한겨울 밤 간이 텐트 안에서의 기다림은 길었다. 섬망증세 때문에 침대에 누워있는 것이 가능할지, 당장 필요한 복수를 빼는 조치는 이루어지는 건지 아무것도 알 수 없는 상태에서 하염없는 기다림이 계속되었고, 한참 후 음압실에서 온 연락은 환자가 자꾸 움직여서 낙상위험이 있고 복수를 빼는 일도 힘드니 침대에 결박을 해야 한다며 보호자의 동의가 필요하다는 내용이었다. 끔찍한 상황으로 여겨졌지만 응급조치를 취하려면 어쩔 수 없었다. 그 후로도 한참이 지나서 자정 즈음이 돼서 복수를 빼다가 바늘이 빠져서 더 시도하기는 어렵고 병원에서 더 할 수 있는 일이 없으니 귀가하라는 연락이 다시 왔다. 제대로 치료도 못 받고 고생만 했을 아빠를 생각하니 한시라도 빨리 이 곳을 떠나고 싶은 마음 뿐 이었다.
집으로 갈 생각을 하니 구급차를 타느라 차를 가져오지 못한 사실이 떠올랐다. 집에 가기 위해 구급차를 부를 수도 없는 노릇이고, 거동이 힘든 아빠와 택시를 타는 일도 엄두가 나지 않았다. 부천에 사는 고모에게 전화해서 도움을 청하니 고모네 부부가 왔다. 거동이 어려우니 승용차에 앉는 일조차 그리 힘든 일인지, 30분이 넘도록 실랑이를 하다가 간신히 차를 타고 집에 도착했다. 가족들이 힘을 합쳐 올라가는 계단은 아득했다. 방까지 들어오고 나니 한 겨울에도 온 몸에 땀이 나고 아빠도, 함께 한 가족도 진이 빠졌다.

나는 이날 무슨 일이 있어도 다시는 병원에 가지 않겠다고 다짐했다. 호기롭게 다짐했지만 가정형 호스피스 대상으로 지정될 때까지의 시간 동안 의료적 도움이 난감했고, 복수를 제대로 빼지 못한 탓에 아빠의 발은 계속 부어있었다. 이런 난감한 상황을 알게 된 직장 후배가 정보검색을 하여 방문진료제도를 알려주었다.
집에 가까이 있는 방문진료 의료기관을 검색하며 연락을 하던 중 인천평화의료복지사회적협동조합이 검색되었다. 그제서야 내가 부천의료복지사회적협동조합 조합원이라는 사실이 떠올랐고 조합에서 운영하는 시민의원 대표 의사 선생님과 모임에서 인사도 건넸던 기억,

전공이 내과이고 암 전문의라는 것도 생각났다. 바로 협동조합에 전화해서 상황을 이야기하니 의사 선생님과 직접 통화할 수 있었다. 복수가 차는 문제는 계속 반복되기 때문에 한 번으로 해결되는 일이 아니어서 이후의 계획을 확인하셨다. 가정형 호스피스 등록을 해 놓은 상태임을 전하니 방문 진료 날이 아닌데도 당일 진료가 끝나는 대로 진료를 보러 방문해주겠다 했다. 평상시 맺었던 인연이 절박한 상황에 잊을 수 없는 은인이 되는 순간이었다. 저녁 시간이 되자 언제쯤 도착하실지 시계만 바라보고 있는데 하필이면 그날 저녁 갑자기 폭설이 내리기 시작했다. 의사 선생님은 저녁 진료까지 끝내고 복수 빼는 바늘을 구해서 눈길을 헤치며 먼 초행길을 찾아오느라 저녁 8시가 훌쩍 넘어서 도착했다. 아빠는 의사 선생님이 집에 방문해주었다는 것만으로도 크게 안도하는 것 같았다.
방문진료가 거동이 어려운 재택 환우와 가족에게 얼마나 절실한 의료서비스인지, 일반 영리병원에서는 환우의 절실함에도 왜 방문진료를 선택하지 않는지 알게 된 경험이었다. 사회적의료협동조합에서 이야기하던 공공의료 실현이라는 의미가 추상적인 구호가 아닌 삶의 문제임을 깊게 깨달았다.

호스피스로 가는 길

말기암 진단 후에 병원에서는 더이상 할 수 있는 것이 없다고 하기도 하고 아빠가 병원 생활을 힘들어하기도 해서 처방받은 진통제로 집에서 통증관리만 했다. 심해지는 통증관리를 위해서는 힘들어도 통원 치료를 할 수 밖에 없었다.

암진단을 받고 퇴원 후 처음 외래진료는 12월 29일 부천○○병원 소화기내과였다. 암진단을 받기 전에 아빠가 거부할 것을 각오하고 예전에 예약해둔 치매 검사와 시간을 연결해서 잡았다. 혼자서는 아빠의 이동과 진료 접수 등의 행정절차를 할 수 없으니 언니와 함께 갔다. 우선 신경과 진료를 받았다. 신경과에서는 몇 가지 질문과 준비해간 이전 응급실에서 촬영한 뇌검사 영상자료를 보고는 치매의 문제는 없다고 했다. 의사와 면담 중에 아빠는 기력이 없는지 졸기도 했다. 의사는 어린아이를 대하는 듯한 친절한 말투로 인사도 하고 진료가 끝나고 갈 때는 웃으며 손도 흔들어주었다. 아빠도 손을 흔들며 인사했다. 친절해 보이는 의사가 고맙기도 하고, 팔순이 훌쩍 넘은 어르신을 어린아이 취급하는 것 같아 마음이 상하기도 하는 감정이 뒤섞었다.

담당 의사가 있는 소화기내과 진료를 받기 위해 이동하던 중 엘리베

이터 안에서 한 간호사가 아빠를 유심히 보더니 “혹시 김기태 님 아니세요?” 하며 묻고는 기억 속의 김기태님인 것을 확인하더니 눈시울이 붉어졌다. 나도 같이 눈시울이 붉어졌다. 아빠가 호스피스 봉사활동을 했을 때 호스피스 병동에 오래 일하던 간호사라고 했다. 서로 갈 길이 바빠 짧은 만남을 아쉬워하면서 헤어졌다. 아빠는 그 간호사의 이름까지 기억하고 있었다. 만약 아빠가 입원하게 되면 그 간호사에게 꼭 연락하리라 마음먹었다.
소화기내과 담당 의사는 퇴원 후 얼마 안 되는 기간에 급격히 쇠약해진 아빠를 보고 당황해하기도, 안타까워하기도 했다. 가족과 환자의 마음을 헤아리는 마음이 진료 내내 전달되었고, 통증관리를 위한 패치 처방 부탁도 친절히 응해주어 너무나 감사했다. 언니가 아빠를 모시고 나가자마자 다시 돌아서 가정 호스피스 절차를 물었다. 의사선생님은 가정 호스피스보다는 호스피스 병동 입원을 권했다. 아빠는 12월 중순 입원 당시에 병동 자리 문제로 소화기내과로 배정되어 있었는데 호스피스 병동에 입원하려면 혈액종양내과에 등록이 되어 있어야 한다고 했다. 호스피스 병동도 희망한다고 아무 때나 들어갈 수 없고 자리가 있어야 입원도 가능하니 병동에 미리 알아보라고 했다. 뒤이어 의사 선생님은 시간이 많이 남지 않은 것 같다는 말을 덧붙였다. 두려움이었을까. 시간이 얼마나 남았는지 차마 묻지 못하고 이미 흘러내리는 눈물을 닦으며 기다리는 아빠에게 돌아갔다.

다음 진료는 1월 15일이었다. 환자의 내원이 어려운 경우에 대진이 가능하다고 하여 대진에 필요한 서류(가족관계증명서, 신분증)를 챙겨서 가져갔다.
급격히 나빠져가는 아빠의 상황을 설명하고 병원에 모시지 않겠다고 하며 가정 호스피스 연계를 부탁했다. 가정 호스피스는 지역의 제한이 있어 친정에서 가까운 부평○○병원으로 의뢰해야 한다고 했다. 담당 의사 선생님에게 계속 진료받고 싶었지만 아빠를 위해서는 집에서 호스피스 제도의 도움을 받으며 지내는 것이 최선이라고 여겼다. 가정 호스피스 신청을 위해서는 타 병원 의뢰서를 받아들일 수밖에 없었다. 이전에 병원 의뢰 경험이 있어서 이번에는 알려주는 이가 없어도 병원에서의 검사 결과지와 영상자료도 척척 챙겼다.

부평○○병원으로 전화해서 가정 호스피스 신청을 하려고 한다고 하니 첫 진료라서 대면 진료를 해야 가능하다고 했다. 환자가 거동이 불가한 상황을 나열했지만 어림없었다. 아빠를 모시고 병원에 가는 것이 가능할지 막막했지만 일단 한시라도 빨리 진료 예약을 해야 가정형 호스피스 등록이 되고 집에서 말기암의 통증을 관리할 수 있을 것 같았다. 통화가 끝나자마자 병원까지의 이동 방법을 위해 이것저것 알아보았다. 무엇이 해결되어야 할지 머릿속으로 시뮬레이션을 그려보았다. 교통약자 이동지원센터에 등록했지만 계단 내려가는 것이 난관이었다. 민간구급차를 알아보니 돈만 주면 무엇이든 다 해줄 기세로 친절히 안내해주었다. 민간구급차로 이동을 결정하고 진료일에 맞추어 예약했다. 혼자서는 접수 등 행정처리와 아빠 보호가 불가능할 것 같아서 동생도 불렀다.

민간 구급대원이 집에 왔는데 아빠를 보더니 들것도 없이 아빠를 등에 업고 계단을 내려가는 모습이 너무 불안했다. 들것이 없냐고 물으니 계단이 가팔라서 업는 편이 안전하다는 대답이 미덥지 못하고 궁색한 변명 같았다. 아빠가 추워하고 베개 없이 눕는 것을 힘들어해서 이불이 있는지를 물으니 그마저도 마땅치가 않으니 점점 신뢰가 안 갔다. 민간구급대원은 아빠가 휠체어에 앉는 것이 무리라고 여겼는지 병원 도착 즈음 이동 침대 빌리는 방법 등을 안내해주고 따라와서 도와주기도 했다. 119구급대원보다 훨씬 환자와 보호자 입장을 세심하게 배려하는 것 같아 미심쩍어하던 것이 미안해졌고 마음 씀에 고마웠다.
아빠는 이동 침대에 누워 가정 호스피스를 담당하는 가정의학과로 갔다. 가정 호스피스를 담당하는 사회복지사 면담이 먼저 진행됐는데 따뜻한 위로의 몇 마디가 그동안의 지친 마음을 위로받는 것 같았다. 그 후 의사 선생님을 만났는데 대뜸 환자 상태가 저런데 대진을 안 받고 왜 여기까지 데려왔느냐며 핀잔 투로 첫 말문을 여는데 어이가 없었다. 내가 전화 예약하면서 아무리 이야기해도 절대 안 된다고 병원에서 안내했다고 하니 멋쩍은지 대진 제도를 악용하는 사람들 때문에 정말 필요한 사람들이 고생한다며 얼버무렸다.

환자 보호자의 위치에 서니 병원 방문 때마다 약자의 자세로 눈치를 보았는데 악다구니를 쓰면서라도 안 되는 걸 되도록 우겨야 했나 싶은 생각이 들어 자괴감이 들었다. 자괴감이 든 이후에도 진료 내내 의사 선생님의 고압적인 태도와 툭툭 내뱉는 말투가 거슬렸지만 온 길에 필요한 검사를 하고 가라는 지시까지 성실히 따를 수 밖에 없었다. 몇 년 같았던 병원 진료가 끝날 즈음 귀가를 위해 민간구급 대원에게 전화했다. 구급차로 집에 돌아오는 길에 병원 쪽은 쳐다보기도 싫었다. 그 의사도 다시는 마주하고 싶지 않았다.

집에 들어가는 방법 역시 나올 때와 같았다. 민간 구급대원이 아빠를 등에 업고 방안 이불까지 눕혀드리며 집안 어르신을 대하듯 따뜻한 말투로 인사하고 돌아서는 모습에서 사람을 느꼈다. 아빠도 그랬는지 고맙다며 인사했다. 돈이 되는 일이면 무엇이든 할 것 같다는 생각으로 만난 이들이었지만 헤어질 때에는 매뉴얼 대로 움직이는 공적 영역의 이들보다 훨씬 따뜻함을 느꼈다.

어떻게 지나갔는지 모를 가정형 호스피스 등록이 끝나고 대상자로 배정받으려니 또다시 기약 없는 기다림이 시작되었다. 1주 이상 걸린다는 말에 그 사이 복수가 차거나 통증이 심해지면 어쩌나 걱정했는데 다행스럽게도 이틀 만에 사회복지사와 간호사가 갈 것이라는 전화가 왔다. 그날은 한참 걸릴 거라고 했던 장기요양보호 대상자 판정도 확정되었다는 연락도 왔다. 가정형 호스피스, 장기요양보호제도 모두 고지된 대기기간보다 빨리 진행이 되니 절실한 마음을 신께서 알아주시나 싶었다.

다가오는 이별

앞에 놓인 처지를 받아들이는 마음
그 처지를 받아들이면서 겪는 경험
그 모든 것이 마지막까지 존엄할 수 있기를...
당사자와 그 가족 모두에게 말이다

병문안

아빠의 임종이 멀지 않았음을 수용할 때 즈음 주변에서 많은 이들이 찾아왔다. 찾아 온 이들을 보며 임종을 앞둔 사람에 대한 배려와 예의를 배우게 되었다.

가장 기억에 남는 병문안은 큰 집의 사촌 언니였다. 언니는 그냥 오랜만에 놀러 와서 반갑게 인사하듯이 아빠를 대했다. 아빠와 엄마가 데이트를 하는데 아빠가 조카인 사촌언니를 데리고 갔던 일, 그때 데이트 장소가 염전이었다는 이야기를 재미있게 했다. 그 시절 데이트 장소가 염전이었다는 것이 신기하고, 얼마나 쑥스러우면 데이트하는데 어린 조카를 데리고 갔을까 싶어 오랜만에 깔깔거리며 웃었다. 사촌 언니는 어릴 때 삼촌 집에 놀러 가는 것도, 삼촌과 숙모의 따뜻함도 다 좋았다며 유쾌한 수다를 떨고 갔는데 며칠 후에 다시 왔다. 생각해보니 며칠 전에 왔을 때 삼촌에게 사랑한다는 말을 못 해서 다시 왔다며 '사랑한다'는 말을 전했고 아빠는 고맙다고 했다.

다른 의미에서 기억에 남는 병문안도 있었다. 먼 친척이 아빠가 위중하다는 소식을 듣고 찾아오는데 오랜만에 왔더니 길을 잃었다며 전화가 왔다. 지금 계신 곳이 어딘지 물으니 의사소통이 잘 안 돼서 밖에 나가 한참을 찾다가 만나서 집으로 안내했다. 거동이 어려운 보호자 입장이 되니 이런 상황도 짜증스럽게 느껴졌다. 형제가 같이 오셨는데 얼굴을 뵈니 한 분은 어렴풋이 기억이 나기도 했다. 유독 한 분이 누워있는 아빠에게 내가 누군지 알겠냐며 여러 차례 본인의 이름을 아빠에게 물어보면서 알아본다느니 못 알아본다느니 하며 수군대기도 하고 참 안됐다는 표정으로 바라봤다. 이 상황을 지켜보는 가족도 불쾌했는데 누워있는 아빠 역시 그럴 것 같았다. 급기야 집안이 덥다고 일어나더니 아픈 사람은 맑은 공기를 마셔야 한다는 말과 함께 창문을 열었다. 한겨울 찬바람이 집 안으로 들어왔다. 더우면 당신이 외투를 벗을 일이지 한겨울에 환자가 누워있는 머리맡의 창문을 왜 여는지 싶어 손님으로 대접하고 싶은 마음이 점점 사라지고 무례한 행동을 더는 보기 힘들어서 벌떡 일어나 집 밖으로 나왔다. 이런 병문안은 오지 않는 편이 환자와 그를 돌보는 가족에게 도움을 주는 일일 것이다.

어떤 옷을 입을지

아빠가 상주였던 할머니 장례에는 수의가 없었다. 할머니는 미국에 사는 딸의 육아를 돕기 위해 4~5년정도 미국에서 지내고 오셨는데 미국에서 접한 장례문화에 대해 여러 차례 이야기했었다. 평상시 입던 옷을 입고 곱게 화장한 모습으로 삶의 마지막을 지인들과 인사하는 것이 수의를 입고 얼굴을 꽁꽁 싸매는 우리의 장례문화에 비할 바 없이 좋아 보이니 당신의 장례에는 절대 염을 하고 수의를 입는 일이 없도록 하라고 당부하셨다. 할머니의 장례는 할머니의 바람대로 모셨고, 아빠는 건강할 때부터 할머니와 같은 방식으로 생을 마감하는 것이 좋겠다며 얼굴과 몸을 싸매는 일이 없기를 당부했었다.

아빠가 거동이 어려워진 어느 날 엄마는 아빠가 평상시 생활한복을 즐겨 입었었으니 수의 대신 입을 옷을 준비하라고 했다. 인터넷으로 분홍색 저고리에 남색 바지를 골라 주문해두었는데 배송일이 지연된다는 안내가 왔다. 아무래도 실물을 직접 본 것이 아니라서 미덥지 않던 차에 배송까지 지연된다고 하니 취소하고 생활한복매장을 찾아가 흰색 저고리에 카키 빛이 도는 갈색 바지를 구입했다. 그런데 뭔가 오류가 있었는지 매장에서 옷을 구입한 다음날 인터넷으로 주문했던 옷이 도착했다. 옷이 두 벌이 된 셈이었다. 그런데 엄마는 분홍색 옷이 화사하니 좋다고 했고 나는 흰색 옷이 단아하고 고급스러워 보여 좋다고 했다. 고민하다가 문득 아빠가 고르는 편이 좋겠다는 생각이 들었다. "아빠, 아주아주 나중에 하느님 나라에 들어갈 때 아빠는 어떤 옷을 입고 싶어?"라고 물으니 아빠는 손짓으로 분홍색 옷을 선택했다. 아빠가 처음이자 마지막으로 고른 분홍색 옷이 되었다.

호스피스 완화의료의 도움

가정형 호스피스 완화의료 등록을 한 지 이틀 후인 1월 20일에 담당 사회복지사와 간호사가 집으로 방문한다는 연락이 있었지만 중요한 회의가 있어 휴가를 낼 수 없는 상황이었다. 담당 사회복지사는 방문 직후 전화해서 따님 보호자에게 전해야 하는 안내가 있다고 했다. 아빠를 잘 뵙고 왔는데 아직 의식을 이 정도로 유지하고 계신 것을 보니 의지가 대단한 분인 것 같다는 말에 내 생각보다 아빠가 많이 힘든 상황이구나 싶어 눈물이 났다. 흔들리는 목소리를 듣더니 따뜻한 위로의 말을 건네주었는데 복잡한 마음이 얽혀있던 나에게 많은 위로가 되었다. 앞으로 1주에 2~3회 정도 간호사가 방문해서 간단한 의료적 처치를 할 것이고 필요시 의사도 내방 할 것이라는 안내와 함께 가족들의 심리적 안정에 대해서도 살펴주었다.

그날 저녁 집에 갔더니 엄마는 호스피스 담당자가 가지고 온 나무 십자가와 작은 꽃다발, 임종 시 사용하는 아로마 거즈를 보여주었다. 사회복지사와 간호사가 나무 십자가를 손에 쥐어주면서 기도도 해주고 수액도 놓아주니 아빠의 기분이 좋아 보였고 환자용 영양식을 하루에 한 개씩은 드시라는 당부에 알겠다며 하나를 다 드셨다고 했다. 환자, 가족 모두에게 위로가 되는 고마운 방문이었다. 주중에 의사가 함께 오기도 하고 담당 간호사는 다음 주가 명절 연휴라서 다음 주 초에는 방문을 못 한다며 4번이나 방문했다. 간호사는 방문할 때마다 아빠의 신체적 증상 등을 살피고 아빠 손을 잡고 기도도 해주었다. 가족들에게는 준비할 사항 등을 세심하게 알려주었다.
명절 연휴 직전에 이루어졌던 4번째 방문에서는 내가 집에 있어서 담당 간호사와 많은 이야기를 했다. 아빠가 호스피스 병동에서 오랜 시간 자원봉사 했던 일을 이야기하며 아빠 자서전을 건네주었다.
자서전에 호스피스 활동에 관한 이야기도 있으니 혹시 자원봉사자들에게 도움이 될까 싶다고 설명을 덧붙이니 간호사도 울고 나도 울었다. 간호사는 아빠의 노고가 있어 호스피스제도가 이만큼 발전할 수 있었다는 말을 남겼다.
간호사는 아빠를 살피더니 변을 보았는지 등을 물어보았다. 드신 것이 거의 없는데 어제는 아주 힘들게 변을 보셨다고 답하니 간호사는 명절 연휴를 넘기시지 못할 수도 있겠다는 이야기를 전했다. 그리고 호스피스 환자이니 혹시 위독한 상황이 되어도 당황하지 말고 응급실로 연락하지 않아야 한다고 당부했다. 돌아가신 직후 호스피스 병동과 연계되어 있는 장례지도사에게 연락하라면서 임종 시 가족이 할 일들과 장례지도사 연락처가 적힌 안내문을 주고 갔다. 하지만 내가 느끼기에 아빠는 별다른 차도가 없이 비슷한 상황으로 여겨졌다. 명절 연휴를 넘기시지 못할 수도 있겠다는 간호사의 이야기는 긴 연휴를 앞두고 의례적으로 하는 말이려니 여겼다.

임종과 장례 절차

1월 말로 퇴직을 결정한 나는 퇴직 한 달 전에 아빠에게 퇴직 이야기를 전하며 그 후에는 내가 엄마를 도울 수 있으니 조금만 기다리라는 말을 했다. 그 말을 들은 아빠는 깊은 한숨을 쉬었었다. 아빠가 안심하도록 한 말이었는데 미안함과 근심을 전한 것만 같았다.
마지막 근무일인 1월 28일 저녁 퇴근하자마자 당분간 친정에서 본격적으로 아빠의 병간호를 하기 위해 짐을 잔뜩 챙겨 왔다. 이제 엄마와 같이 병간호하면 엄마에게도, 아빠에게도 도움이 되고 나의 무거운 마음도 덜어질 테니 모두가 좋은 선택을 했다고 여겼다.
다음날 고모 부부가 병문안을 와서 아빠 옆에 온 식구가 앉아있을 때였다. 아빠가 갑자기 손을 허우적거리는 것 같았는데 자세히 보니 성호를 긋는 모양새였다. 우리는 울면서 주모경을 함께 바쳤다. 고모네 부부가 간 뒤에 저녁 즈음부터 엄마는 자꾸 아빠의 몸을 쓸어 주었다. 다른 날과 별 차이를 느끼지 못한 나의 왜 그러느냐는 질문에 엄마는 느낌이 이상하다고 했다. 자정 즈음이 되어 갑자기 아빠의 몸에 미세한 경련이 일면서 눈에 흰자위만 보였다. 엄마의 느낌대로, 호스피스 간호사의 예고대로 아빠는 가족들 곁에서 그렇게 임종을 맞았다. 우리는 호스피스 간호사가 건네주었던 아로마 시트로 아빠의 몸을 깨끗이 닦고 몸이 굳지 않도록 마사지를 시작했다. 그리고 아빠가 고른 분홍색 저고리에 남색 바지를 입혀주었다. 그 후 장례지도사와 가까운 친척들에게 아빠의 임종을 알렸다.

30일 0시 40분경 장례지도사는 도착했고 고인에게 짧은 기도를 하고 시신을 수습했다. 아빠의 세 자녀와 손자들은 아빠를 따라 병원 응급실로 향했다. 응급실에서는 심장충격기를 가동한 후 2시 17분에 의사의 사망진단이 내려졌다. 집에서 사망하는 경우 사망진단서가 아닌 시체검안서가 발급된다고 했다. 집에서 사망하는 경우 경찰 조사가 있다는 이야기를 들은 적이 있으나 호스피스 완화의료 등록이 되어있는 연유인지 경찰을 만나는 일은 없었다. 4시경 아빠의 시신은 영안실로 안치되었고 우리 삼남매는 선택할 것들이 많았다.

장례식장과의 소통을 누가 전담할 것인지부터 시작하여 빈소, 관, 수의, 상주 의복, 음식 등등을 선택하느라 슬플 겨를도 없었다. 처음 겪는 상주 역할이었기에 어리둥절하기도 했다. 하지만 수의에 대해서는 명확하게 의견을 전달할 수 있었다. 수의를 입지 않고 염도 하지 않는 것이 고인의 뜻이라서 준비해둔 옷을 이미 입고 계시다 하니 장례식장 직원도 처음 겪는 일이라며 당황해했다. 곧 수의를 입지 않으면 꽃신은 어떻게 하겠느냐는 질문이 돌아왔다. 이 역시 예상치 못한 질문이었다. 왠지 먼 길 떠나는데 신발이 필요할 것 같아 꽃신은 준비해달라고 했다. 장례식장에서는 부고문도 온라인으로 보낼 수 있도록 준비해주었다. 예상보다 빨리 맞이한 장례라서 경황이 없기도 했고 설 명절 이틀 전이라 최소한으로 부고문을 전했다. 빈소 입실은 오전 10시가 되어서 할 수 있었다. 빈소를 지키고 조문객을 대하고 장례 절차에 관한 상의와 결정을 하느라 슬플 겨를도 없었는데 장례 이튿날 입관식은 그동안

묻어 둔 슬픔이 다 몰려오는 듯했다. 새 옷을 입고 머리도 단정히 빗고 꽃신을 신고 있는 아빠는 깊이 잠든 모습이어서 믿기지 않기도 했다. 장례 삼일차인 설 명절 새벽에 발인을 하고 성당에서 장례미사를 드리고 장지인 인천가족공원묘지로 갔다. 설 명절인데도 모든 장례 절차를 함께 해준 작은집 가족들과 고모 부부, 운구를 도운 동생 친구들, 장례미사에 참석해준 교우들, 장지까지 함께 해준 친구 모두 너무 고마운 인연들이었다.
오전 9시에 화장이 시작되었는데 이번에는 유골함을 골라야 한다고 불려가고 잠시 후에는 가족 묘지의 석관을 들었더니 유골함이 깨진 것이 있으니 어찌할 것인지 연락이 왔다. 아빠의 화장 시간도 이리저리 분주히 돌아다니다가 끝났다. 애도할 겨를 없이 3일간의 장례식은 그렇게 흘러갔다.

3일간의 장례를 치르며 문득 외동인 아들이 걱정되었다. 이리도 복잡하고 해야 할 일들이 많은 장례를 혼자 결정하고 감내하려면 너무 고생스럽겠다는 연민이 들었고, 큰 일을 겪을 때 의지 할 수 있는 형제가 없다는 사실에 미안하기도 했다. 하지만 다음 세대에는 장례문화도 많이 달라질 테니 사서 걱정할 필요가 없겠다는 생각으로 스스로를 위로했다.

그리고 애도

죽음과 동시에 모든 것이 끝나지 않는다
우리 삶에 생과 사가 공존하기 때문일까
고인에게는 죽음이 또 다른 새로운 삶의 시작이고
남겨진 이들에게는 애도의 길이 남겨진다
애도를 잘하는 것이 무엇일까 곱씹어보니
고인을 마음에 잘 품는 것이리라
잊는 것이 아니리라

끝나지 않은 장례

아빠의 몸은 3일 만에 유골함 안에 안치하였으나 수습해야 할 일들은 생각보다 많았다. 통상적인 부모님의 장례 휴가가 일주일인 것은 터무니없이 부족하다고 했던 지인의 말이 어떤 의미인지 깨달았다. 설 명절 기간이었음에도 빈소를 찾아와 아빠의 죽음을 애도하고 가족들을 위로해준 이들에게 감사의 인사를 전하는 일부터 시작했다. 그다음 우리 삼남매는 부조금을 정리했다. 깊은 애도의 시간을 보내야 할 것 같은 시간에 부조금을 정리하는 일은 꽤나 세속적으로 여겨졌지만 현실적이었다. 우선 결재한 장례 비용도 정산해야 했고 부조금을 정리해 두는 일은 나중에 신세를 갚아야 하는 일을 위한 대비책이기도 했다. 모든 것을 정산하고 난 후 가까운 친척들과 상여를 도운 동생 친구들, 성당 연령회 등에 감사 인사를 전할 비용을 계산했다. 그리고 아빠의 노년기 건강관리에 대한 신념으로 덩달아 건강검진을 못 해 온 엄마의 종합건강검진 비용까지 여유있게 계산해서 따로 남겨두었다. 그 남겨둔 돈으로 선물과 식사대접, 제주도 가족여행을 다녀왔고 엄마 종합건강검진을 했다. 불행인지 다행인지 엄마의 종합건강검진 결과 신장 한쪽을 절제하는 수술을 해야 했고 팔순에 하게 된 생애 첫 수술은 한 달 만에 회복했다.

세속적이고 현실적인 일들은 계속되었다. 사망신고, 휴대전화 해지,

후원처 연락, 공무원 유족연금 신청, 공과금 납부와 집 전화번호 명의 이전, 통장 해지 등 할 일들을 처리하는데 여러 날이 걸렸다. 명의 이전과 통장 해지는 좀 더 복잡했다. 아빠는 팔순이 되면서 집 명의와 통장 등 재산을 모두 엄마 명의로 이전해서 상속 문제는 처리할 것이 없었으나 삼백만원 가량이 남아있는 공무원 연금이 들어오는 통장은 그대로 있었다. 얼마 되지도 않는 돈이니 당연히 배우자가 인출할 수 있을 것으로 여겨 엄마와 집 근처 농협에 갔더니 농협중앙회로 가야 한다고 했다. 농협중앙회에서 한참을 기다리다가 통장 해지 신청을 하니 백만원 이상이면 상속인 전원이 함께 오거나 위임장이 있어야 가능하다고 해서 되돌아오기도 했다. 순간 뭐가 이리 복잡한지 짜증스럽기도 했는데 생각해보니 이치에 맞는 일이라 여겨졌다.

유품 정리를 하면서는 울 일들이 많았다. 아빠의 옷과 신발, 스크랩하거나 봉투에 담아둔 서류철 등을 정리하는 일들이었는데 아빠의 글씨체가 보이면 마치 아빠가 환생한 듯이 가슴이 덜컥 내려앉는 기분이 들었다. 스크랩된 자료에는 한겨레신문에 실렸던 '대통령 박근혜 탄핵심판 결정문'도 있었다. 아빠에게는 가슴 뛰는 사건이었구나 싶었다. TV장에 넣어둔 서류 봉투 겉에 '서투른 삶, 재밌게 살다 간다.'는 글씨가 쓰여 있었다. 열어보니 그 안에는 펜으로 쓴 '사전의료의향서'와 엄마 이름이 적힌 공무원 유족연금 신청서가 들어있었다. 가장 많이 울게 했던 유품이었다. 오래전에 작성해놓은 신청서라서 양식도 바뀌었고 지금은 온라인을 통해 간단히 신청할 수 있었기 때문에 펜으로 꾹꾹 눌러쓴 신청서는 사용할 수 없었다. 작성해 둔 '사전의료의향서'도 의료기관에서 효력을 가지지 못했다. 2018년부터 연명의료결정법이 시행되면서 제도적으로 사전연명의료의향서 등록기관을 통해 신청된 경우에 한해 개인의 연명의료 결정이 이루어진 것으로 인정했기 때문이었다.

아빠가 미리 준비한 당신의 죽음은 시간의 흐름에 따라 소용없는 일이 되기도 했지만 그 마음 씀은 고스란히 유족들에게 전해졌다.

남겨진 배우자

아빠의 장례 기간에도 눈물을 보이지 않았던 엄마가 장례를 치루고 집에 돌아온 날 혼자 눈물짓다가 방에 들어온 손자 대현이의 손을 잡고 "네가 할머니랑 계속 살아야겠다"라는 말을 했다고 전해 들었다. 대현이는 직장 문제로 할아버지 댁에서 함께 살고 있었다. 엄마는 살면서 당신의 욕구를. 더군다나 타인에게 그것을 요구하기 위해 속내를 비치는 일이 없었기에 더욱 가슴 한켠이 먹먹했다. 한편으로는 그런 속내를 손자에게 내비칠 수 있는 것이 감사하기도 했다.
아빠 병간호를 위해 당분간 짐을 옮겨왔던 나는 곧 나머지 짐들도 하나둘 옮겨 엄마. 아들과 함께 지내게 되었다. 3대의 합가는 혼자 지내본 적이 없는 엄마의 외로움과 막막함을 덜어줄 수는 있겠으나, 수고로움은 늘어가는 것 같았다. 외로움과 막막함을 수고로움과 맞바꾼 셈이었다.

나는 엄마의 수고로움이 미안했지만, 그 수고로움을 대신하기는 버거웠다. 엄마는 요리. 빨래. 옥상 텃밭 관리. 청소 뿐 아니라 몸만 빠져나간 손자의 방 정리까지 하느라 끊임없이 움직였고, 나는 그런 일들이 서툴기도 하지만 필요를 느끼기도 전에 우렁각시가 다녀간 듯이 다 해결되어 버렸다. 시간이 갈수록 감사함보다 미안함이 더 커져갔다. 커져간 미안함은 엄마에게는 혼자 집안일을 하지 말고

시키라며, 그리고 아들에게는 네 할 일은 스스로 하라며 잔소리로 전달되었다. 이쯤 되니 문득 3대의 합가가 서로에게 불편한 일이 되어가는 것은 아닌지 의구심이 들기도 하고 한편으로는 미안함을 덜어내고 감사함을 채워가는 것이 지금의 상황을 현명하게 대하는 길이라 여겨졌다.

여든이 넘은 엄마가 아직 부지런히 움직일 수 있음이, 엄마가 날아오는 고지서. 갑작스러운 집수선 일 앞에 막막할 때 의지될 수 있음이, 내가 집안일의 수고로움을 도움받을 수 있음이 감사했다. 지금은 서로를 돌보며 더불어 살아가는 방법을 찾아가고 있다. 어찌 보니 그것 또한 감사할 일이다.

애도의 시간

엄마는 장례가 끝난 직후 성당에 가서 50일 동안 아빠의 영혼을 위해 미사 지향을 넣었다. 50일 동안은 미사 시간에 아빠 이름과 세례명이 호명되었다. 나는 이 기간에 직장을 쉬고 있던 중이어서 엄마와 함께 열심히 미사를 다녔다. 아빠는 신앙심이 깊었지만 성인이 된 후로는 우리에게 신앙생활을 강요한 적이 한 번도 없었다. 바쁘다는 핑계가 습관이 되면서 냉담을 일삼던 나는 아빠가 자녀들의 신앙생활을 마음속으로 얼마나 바랬을까 싶어 성당에 가는 일이 늦게나마 하는 효도의 일환이라고 여겼다. 엄마와 함께 평일 미사를 빠짐없이 다니던 어느 날 수녀님께서 나를 유심히 바라보시더니 미사 후에 제대봉사회에서의 활동을 제안하셨다. 조금 난감하긴 했지만 아빠를 위한 50일 미사를 위한 준비에 참여한다는 것, 그리고 왠지 수녀님의 제안이 아빠의 제안 같아서 제대봉사회 활동을 시작하게 되었다. 신심보다는 효심으로 시작한 제대봉사회 활동은 2년이 넘은 지금도 계속하고 있고 어느덧 신심도 조금씩 생겨난다. 이 또한 애도의 시간이 되고 있다.

부모님의 장례를 경험한 지인들은 최소한 3년간은 문득문득 슬픔이 몰려오곤 할 것이라고 이야기했다. 애도는 충분히 가지라는 말도 덧붙였다. 충분한 애도를 위해 거실에 아빠의 공간을 만들었다. 거실 창 아래에 아빠의 영정사진과 장례식장에서 사용한 명패를 놓았다. 명패에는 '주님 그에게 영원한 안식을 주소서. 영원한 빛을 그에게

비추소서'라는 문구가 함께 하고 있다. 문득 아빠가 보고 싶을 땐 영정사진 앞에 인센스(향)을 피우고 물끄러미 연기를 바라본다. 너울너울 춤추는 듯한 연기를 보고 있으면 아빠가 바람이 되어 온 것 같기도 하고 향 내음을 맡고 내가 부르는 줄 알 것 같다. 아빠가 틈만 나면 올라가 있던 옥상 텃밭에 꽃이 피면 아빠에게 옥상의 풍경이 전해질까 해서 꽃을 꺾어 영정사진 앞에 꽂아 놓는다. 꽃꽂이 솜씨가 영 서툴지만 나름 예쁘다. 봄에는 나리꽃, 금낭화, 개망초 등 온갖 꽃이 피고 가을엔 국화가 흐드러지게 피니 가을도 좋다.

아빠가 많이 그리울 때는 혹시 꿈에서라도 만날 수 있을까 싶어 아빠 생각을 하며 잠이 드는데 이상하리만치 아빠는 내 꿈에 오지 않았다. 천국에서 아주 잘 지내고 있으려니 싶다가도 내심 서운한 마음이 들기도 한다. 가끔은 휴대폰에 아빠로 저장된 번호를 마음 졸이며 눌러보기도 한다. 아빠가 전화를 받을 것 같은 기대와 달리 휴대폰에서는 '지금 거신 번호는 없는 번호이니 다시 확인하고 걸어주시기 바랍니다' 라는 건조한 응답이 들려온다. 언젠가 길을 가다가 한 손에는 손녀의 손을, 한 손에는 손녀의 가방을 꼭 쥐고 학원버스를 기다리는 백발의 할아버지가 눈에 들어왔다. 아빠가 생각나 하염없이 울었다. 이런 일은 그 후에도 종종 일어났다.

이듬해 아빠의 섬망증세가 시작된 10월이 다가왔다. 찬 공기가 시원하게 느껴지던 계절은 낙엽이 지기 시작하는 을씨년스러운 계절로 각인되었고 1년 전의 경험과 감정들이 되살아났다. 아빠는 여전히 거실의 영정사진 속에 있지만 이별은 지금도 진행 중이다.

애도를 넘어 치유로

호스피스 병동에서는 집으로 주기적인 안내문을 보내왔다. 이 안내문을 1년 정도 받아본 것으로 기억한다. 유족들에게 일어나는 상실감과 슬픔은 자연스러운 과정이고 도움이 필요하면 전문가의 상담을 받을 수 있다는 내용의 안내문이었다. '상실과 애도'라는 문구가 적힌 말기질환으로 사별한 환자의 가족을 위한 안내 리플렛을 받아보기도 했다.
이 안내문을 보고 엄마에게 상담이나 치유프로그램이 있으니 받아보겠냐고 했지만, 엄마는 혼자 기도하는 편을 택했다. 나도 스스로 치유가 가능하다고 여겨 직접적인 도움을 받지는 않았지만 우리 가족의 상실감과 슬픔을 알고 마음 써주는 이가 있는 것 같아 든든하고 고마웠다.

아빠의 첫 번째 기일이 다가왔다. 아빠는 80이 되면서 나이 든 엄마가 집안의 제사를 지내느라 고생하는 것도 싫고, 자식들에게까지 제사를 물려주고 싶지 않다며 집안의 제사를 성당 미사로 대체했다. 아빠는 내 제사도 지낼 필요 없으니 미사로 대체하라고 당부했었다. 하지만 첫 번째 기일을 제사 없이 보내는 것이 왠지 아빠를 잊는 것 같기도 하고 도리가 아닌 것 같기도 했다. 그러다 보니 첫 기일의 제사는 친척까지 모여 북적거리는 집안 행사가 되었다. 제사 중 "오빠가 너무

아픈 것 같아서 빨리 가라고 기도한 것이 미안하다"며 우는 고모 때문에 다 같이 울었고, 아빠가 가장 마지막으로 드셨던 음식인 딸기가 또르르 떨어져 "아빠가 딸기를 드시나 보다"는 말에 다 같이 웃었다. 여럿이 모여 아빠를 기억하는 가족들의 모임이 따뜻했고, 아빠도 함께 있는 시간 같았다.

아빠의 투병과 이별의 과정을 기록해야겠다고 다짐한 첫 번째 계기는 막막했던 일들을 정리해 두면 비슷한 일을 겪을 지인들에게 도움이 될 것이라 여겼기 때문이다. 또 한편으로는 너무도 정신없이 흘러간 시간 중에 느꼈던 여러 가지 복잡한 감정들을 들여다봐야겠다는 생각도 들었다. 이런 이유로 시작한 기록은 시작만 한 채 한참 동안 멈췄다. 글을 쓰는 내내 자꾸 눈물이 났고 지난 힘겨움을 덮어두고 싶었던 것 같다. 그렇게 지난 경험과 감정을 눌러 담고 지내던 중 경기문화재단의 지원으로 기한을 정해서 다시 글을 쓰게 되었다. 마감 기한을 정하고 글을 쓰다 보니 목표로 한 기한 내에 글을 마무리할 수 있었고, 내가 쓴 글을 다른 이들과 함께 나누는 기회도 얻게 되었다. 그 과정에서 많은 눈물을 흘렸지만 그만큼 많은 치유를 받는 시간이었다.

이렇게 내 마음을 들여다보고, 누군가와 마음을 나누는 시간들이 쌓여 내 마음도 단단해지고, 나 자신의 죽음도 삶의 과정으로 담담히 받아들여질 것이다.

아빠, 안녕

아빠, 안녕

발행일 2023년 11월 19일
지은이 김지영

발행처 인디펍
발행인 민승원
출판등록 2019년 01월 28일 제2019-8호
전자우편 cs@indiepub.kr
대표전화 070-8848-8004
팩스 0303-3444-7982

정가 9,800원
ISBN 979-11-6756548-8 (03810)